[illegible]A NUIT R[illegible]

Gilles B[illegible] [illegible]

[illegible]

LA NUIT RUSSE

Gilles Boyer a été conseiller d'Édouard Philippe à Matignon pendant deux ans avant d'être élu député européen. Ensemble ils ont écrit deux thrillers politiques, *L'Heure de vérité* et *Dans l'ombre*, en cours d'adaptation en série, et un témoignage sur leurs années à Matignon, *Impressions et lignes claires*. Il a publié plusieurs romans, dont *Le Maître d'hôtel de Matignon* et *La Nuit russe*.

Paru au Livre de Poche :

Dans l'ombre (*avec Édouard Philippe*)

Impressions et lignes claires (*avec Édouard Philippe*)

Le Maître d'hôtel de Matignon

GILLES BOYER

La Nuit russe

ROMAN

JC LATTÈS

ISBN : 978-2-253-24379-3 – 1re publication LGF

Ce texte est un roman, pur produit de mon imagination, certes nourri de lieux que j'ai fréquentés et de fonctions que j'ai exercées, mais les personnages et les situations décrits sont strictement fictionnels.

Ce texte a été achevé quelques jours avant l'invasion de l'Ukraine par l'armée russe en février 2022.

Fichu transat.

Comme tous les matins, Stan installait les chaises longues pour ses hôtes au bord de la piscine. Il venait de constater que la toile de l'une d'elles s'était encore déchirée. La prochaine fois, il investirait dans des produits de qualité.

L'arrière-saison landaise, à la veille du long week-end de la Toussaint, était d'une remarquable douceur. Les locaux enfilaient un pull, les Parisiens trouvaient le fond de l'air un peu frais, et les Anglais se promenaient en tee-shirt. Stan avait mis un sweat, et il voulut y voir le signe que désormais, il était un Landais, un vrai.

Dans son ancienne vie, face à une toile déchirée, Stan aurait tout simplement acheté un autre transat. Cette fois, il entreprit de lui offrir, à lui aussi, une deuxième chance. Il alla chercher sa boîte à outils dans la remise, positionna la chilienne à plat sur le sol, puis souleva le tissu pour découvrir les agrafes et les clous d'origine, qu'il ôta à l'aide d'un tournevis plat pour les unes, d'une pince pour les autres, non sans avoir pris une photo de la manière dont ils étaient fixés, ainsi que de celle dont la toile était enroulée sur les traverses. Il en mesura la longueur, découpa la quantité requise dans sa réserve de tissu (oui, il avait une réserve de tissu), puis agrafa l'extrémité sur la traverse haute, côté tête, avant de placer l'endroit de la toile sur le devant de la traverse, d'agrafer le tissu sur la face externe, sur toute la longueur, en continuant vers l'extérieur. Puis il fit un tour complet autour de la traverse haute du dossier pour recouvrir la partie agrafée, replia le cadre et enroula l'autre extrémité autour de la traverse (côté pieds, bien sûr) avant de l'agrafer à son tour.

Stan testa la solidité de sa réparation et, satisfait, installa le transat à côté des autres. Si Claire avait été là (mais elle n'était pas là), elle se serait bien moquée de lui : avant, il était incapable de déplier ou replier correctement un transat et il pouvait rester désemparé plusieurs minutes avant que quelqu'un ne vienne le secourir. Il souriait en songeant à sa maladresse d'autrefois : planter un clou, déboucher une bouteille, poser une tringle à rideaux, découper un poulet rôti, tout cela relevait du défi. Il était aussi à l'aise en deux dimensions (la feuille de papier, disons) que maladroit en trois, incapable de se servir de ses mains, de comprendre à quoi servait tel outil ou tel objet, dans quel sens il fallait le tenir. Sur le ton de la plaisanterie, il prétendait en revanche exceller dans la quatrième dimension, mais c'était sans doute, à l'époque, une déformation professionnelle.

Il avait découvert sur le tard les joies du bricolage et du travail manuel.

L'apprentissage avait été rude. Il s'était réinventé, de force plus que de gré, avait retrouvé le courage et la joie d'apprendre, avait observé les gestes justes chez les artisans du coin, les maçons, les plombiers, les électriciens, les menuisiers, les couvreurs, les jardiniers, puis les avait reproduits, étonné d'y parvenir de plus en plus souvent, étonné de trouver des solutions là où il ne voyait auparavant que des problèmes, étonné de la puissance de la satisfaction d'accomplir quelque chose de ses mains.

Stan se souvenait d'un article sur la théorie des dix mille heures. Dix mille heures, soit le temps théoriquement requis pour acquérir une expertise dans un domaine quelconque. Huit heures par jour, parfois plus, six jours sur sept, parfois sept, pendant plus de quatre ans : il ne devait pas en être bien loin.

Cette satisfaction se doublait d'une autre, plus grande encore : le travail manuel monopolisait son esprit. Chaque matin depuis son retour ici, il vivait le lever du jour comme une libération. Ici, il avait trouvé une forme d'apaisement pendant la journée, mais jamais l'agitation nocturne ne l'avait quitté. Aussi fuyait-il l'oisiveté comme la peste : toujours occuper son corps pour faire taire son esprit, lui qui avait si longtemps fait l'inverse. C'était diablement précieux, peut-être plus précieux encore que ce qu'il avait d'abord recherché en venant ici : l'isolement, le silence, l'anonymat, la vie et les plaisirs simples, le contact avec la nature, le retour aux sources, aussi.

Les sources ? La grande maison familiale, au cœur de la forêt landaise, mais non loin de l'Adour, sa limite naturelle au sud, à mi-chemin entre Dax et l'océan, plus précisément sur le territoire d'un petit village entre Saint-Geours-de-Maremne et Saint-Vincent-de-Tyrosse. Cette grande maison en pierre, baptisée « Saint-Geours » par raccourci, fréquentée pendant tous ces étés d'enfance et d'adolescence, délaissée à mesure que Paris prenait le pas, puis retrouvée, rénovée dans l'esprit du cru, pour en faire un gîte qui pouvait héberger jusqu'à six familles. Quelle satisfaction, le jour où il avait accueilli ses premiers clients !

Le domaine – il adorait utiliser ce mot : mon *domaine* –, isolé, était désormais très agréable, avec une grande pelouse, une terrasse ombragée, un potager, un verger, un bout de forêt qui ouvrait sur des promenades infinies, des poules et des lapins, trois cockers feu, une ruche, une piscine, un terrain de pétanque, des balançoires et une table de ping-pong, une bibliothèque où les visiteurs se servaient, puis laissaient leurs livres pour les suivants qui en laissaient d'autres à leur tour (mais un polar en allemand prenait la poussière depuis quatre ans, comme un point fixe dans une bibliothèque volante), une cheminée pour l'hiver, les produits du terroir, soit tout pour satisfaire les envies de nature (avec Internet haut débit, quand même) des Parisiens étouffés et les envies de soleil des Anglais frigorifiés.

La maison avait tellement changé depuis son enfance ! C'était à la fois la même maison et une autre maison, comme le fameux couteau de mon oncle dont on aurait changé le manche puis remplacé la lame : c'est toujours le couteau de mon oncle, mais ce n'est plus le couteau de mon oncle.

Les souvenirs accumulés demeuraient, des souvenirs qui auraient pu, qui auraient dû, rester de bons souvenirs pour toujours, mais qui étaient désormais souillés par les souvenirs plus récents. Alors, ici, Stan oubliait un peu tout mais il n'oubliait vraiment rien.

Dans cette vie, comme dans celle d'avant, il aimait le travail bien fait et il adorait regarder les enfants, insouciants, nourrir les lapins, jouer avec les chiens, cueillir les pommes quelques semaines trop tôt et profiter de la piscine chauffée par le soleil. Lui n'avait pas d'enfants et, à 47 ans, il était bien probable qu'il n'en aurait jamais, sauf s'il se décidait à participer à *L'amour est dans le pré*, et encore. Cette perspective le fit sourire. Rire à ses propres blagues, c'est sans doute ça, l'autosuffisance.

L'autre jour, pour la première fois, il s'était fait la réflexion que, fils unique, sans oncle du côté paternel, sans enfants, son nom de famille mourrait avec lui. Il n'avait rien ressenti.

Certains disent qu'en se répétant tous les jours qu'on est heureux, on le devient, mais il n'est jamais précisé au bout de combien de temps. Le sait-on seulement ?

Il vivait désormais au rythme des saisons et se levait avec ses poules, qui étaient incontestablement du matin. Sans regret, il avait troqué le costume pour un jeans, un polo et un sweat à la fraîche, et son rasoir prenait la poussière au fond d'un placard. Il ne taillait sa barbe que lorsqu'elle frisait l'hirsute, stade que ses cheveux épais, poivre et sel, avaient atteint depuis longtemps : une tête de vieux loup de mer, ni vraiment vieux, ni vraiment loup, et un peu loin de la mer. Il était resté mince, par orgueil plus que par morphologie, et ses tempes semblaient avoir ralenti leur grisonnement depuis qu'il était là. Il passait sa vie dehors, et son teint, autrefois grisâtre, était désormais hâlé de mars à novembre. Venu d'un monde où l'apparence était tout, il prenait plaisir à se créer un univers où elle n'était plus rien.

Il n'avait pas mis les pieds à Paris depuis quatre ans, les coups de fil se faisaient de plus en plus rares, et c'était heureux. Il faut dire que son portable, qui était autrefois au centre de sa vie, n'en était plus qu'une anecdote, qu'il allumait de temps à autre lorsqu'il avait besoin d'appeler un fournisseur ou un prestataire, sans toujours écouter les messages, lorsqu'il y en avait. Au fond, son isolement arrangeait beaucoup de monde, à commencer par lui-même. Les « amis » d'autrefois, peu nombreux, avaient d'abord pris des nouvelles, puis les coups de fil s'étaient espacés. Stan ne pouvait pas les blâmer : lui-même n'appelait jamais, et rappelait rarement. À quoi bon ?

La solitude lui pesait bien moins qu'il ne l'avait craint. Bien sûr, l'hiver s'annonçait toujours un peu long, mais il était avec ses livres, donc jamais vraiment seul, et dans une telle maison, comme on dit, il y avait toujours quelque chose à faire. Il partageait certains repas avec ses hôtes, lorsque le cœur lui en disait, mais ils parlaient de tout et de rien, autant dire de rien. Eux voyaient bien que Stan vivait entouré de livres et qu'il pouvait parler de nombreux sujets intéressants, mais ils n'avaient aucune idée de ce qu'avait pu être sa première vie. Ni des raisons pour lesquelles il se retrouvait là. Et tant mieux.

Depuis quelques jours, les journalistes politiques parisiens avaient retrouvé son numéro, actualité oblige, mais il avait fait le mort. Tous ces coups de fil l'avaient ramené dans un espace-temps qu'il voulait fuir : cette histoire n'était plus la sienne.

Stan hissa hors de la piscine le robot qui l'avait nettoyée toute la nuit, et vérifia une dernière fois que tout était bien en place. Il était 7 h 40. Dès le dimanche suivant, heure d'hiver oblige, le jour pointerait plus tôt, et la saison serait terminée, ou presque.

Il rejoignit son petit bureau, à l'étage, pour vérifier ses comptes, et consulter un profil sur le réseau professionnel *LinkedIn*, toujours le même.

Il entendit une voiture s'engager sur le chemin en gravier poussiéreux qui menait au gîte. La cuisinière arrivait du village avec le pain frais, et ils allaient préparer ensemble le petit déjeuner. Bien sûr, les enfants des visiteurs se lèveraient avant les parents, qui apprécieraient de pouvoir traîner au lit tandis que les petits commenceraient leur journée par un chocolat chaud et des tartines grillées avec du miel de la ruche, puis en mouillant leurs baskets sur la rosée du gazon. Stan sourit en pensant à Pauline qui dormait dans la chambre bleue : elle se réveillerait sans doute beaucoup plus tard, comme toutes les adolescentes dont rien ne semble pouvoir perturber le sommeil.

De sa vie d'avant, Stan avait gardé la vive acuité de son détecteur à emmerdes. Lorsqu'il vit la voiture, une berline grise, se garer devant la maison, son alarme intérieure se déclencha instantanément.

Ce n'était pas la cuisinière, et personne n'achète une voiture grise. À part…

Un homme, grand et mieux taillé que son costume bon marché, en descendit. Stan savait encore reconnaître un policier lorsqu'il en voyait un. Il enfila ses Birkenstock et vint à sa rencontre.

— Bonjour, monsieur Perret. Divisionnaire Garcia, du GSPM, dit le policier en montrant sa carte professionnelle.

Le groupe de sécurité du Premier ministre.

— Heureusement que vous n'êtes pas sergent.

— C'est très amusant.

— On fait ce qu'on peut.

Un silence. Stan savait déjà ce que l'autre allait dire, mais il voulait le laisser parler.

— Le Premier ministre aimerait vous voir.

Stan resta impassible.

— Je ne peux pas partir d'ici, j'ai du travail.

— Le Premier ministre effectue un déplacement près de Dax demain, pour visiter une entreprise agroalimentaire innovante. Il se proposait de passer vous voir en fin d'après-midi.

— À cette heure-là, je dois aider la cuisinière à préparer le dîner.

— Ce ne sera pas long.

Stan soupira et prit ses airs de mauvais coucheur qui avaient fait, autrefois, sa réputation.

— Je suppose que je ne peux pas empêcher un visiteur d'entrer.

— Il sera là vers 19 heures. Si vous permettez, je dois…

— Je sais ce qu'est un précurseur, fit Stan en l'invitant à reconnaître les lieux. Les clients dorment dans leurs chambres, merci de ne pas les déranger.

— J'aimerais avoir les noms de vos hôtes, dit le policier avant d'aller visiter le domaine.

Stan leva les yeux au ciel. M. et Mme Duncan, de Preston, Lancashire, qui dormaient encore dans la chambre verte, se fichaient pas mal de la visite du Premier ministre français.

Quelques minutes après, le policier, visiblement satisfait, revint le saluer.

— Épargnez-moi le cortège des voitures et des motards, demanda Stan. Je ne veux pas importuner mes clients. Et il connaît le chemin.

La berline grise, blanchie par la poussière, repartit. Stan sentit sa poitrine se contracter. Il savait que ce déplacement à Dax n'était qu'un prétexte.

Dix mille heures suffisaient peut-être pour acquérir un savoir-faire, mais visiblement pas pour changer de vie.

Et à son grand désespoir, Stan constata qu'il restait curieux de savoir ce qu'Hugo avait à lui dire, quatre ans après, comme un camé qui se croit sevré et qui s'apprête, dans un moment de faiblesse, à commettre l'erreur de goûter à nouveau au délicieux poison qui l'avait conduit en d'autres temps vers l'extase, puis vers l'abîme.

— Tiens, on m'a proposé un truc rigolo, dit Hugo.

Dans la nuit noire de sa grande chambre et dans un demi-sommeil, son inconscient habité par la perspective de revoir Hugo le lendemain, Stan voyait défiler devant lui, sans cohérence ni chronologie, les images de ces trente années, années merveilleuses et maudites, où se mêlaient inextricablement les meilleurs et les pires moments de sa vie. Et c'est ce dialogue, vingt ans auparavant, juste avant leurs mariages, qui lui était revenu en premier, comme si tout avait commencé ce jour-là.

— Quoi ?

— Bercy a proposé mon nom pour participer à un voyage d'études en Russie, deux semaines tous frais payés.

— Mais…

— C'est un voyage en groupe avec quelques autres jeunes pousses qui leur ont été recommandées. Ils nous montrent différentes villes, différentes choses, nous font rencontrer du monde. Ils font ça tous les ans, avec plein de pays.

— C'est quand ?

— En septembre. Et la bonne nouvelle, c'est que j'ai demandé que tu fasses partie du voyage. On va voir du pays !

— Mais en septembre…

— Fin septembre, après nos mariages !

— Tu parles d'un voyage de noces, on va laisser Claire et Emma toutes seules ?

— Oh ben moi je l'ai dit à Emma, tu n'as plus qu'à…

— Facile à dire !

Non, tout avait commencé bien avant cela. Dans son rêve, Stan entendit une voix féminine dont il se souvenait vaguement :

— Hugo Lamorlaye.

— Présent.

— Stanislas Perret.

— Présent.

Il était au collège Debussy, dans le 15e arrondissement, le jour de leur rentrée en sixième, le jour où ils s'étaient vus pour la première fois : le hasard de l'ordre alphabétique les avait placés côte à côte. Ils débarquaient tous les deux dans un collège où ils ne connaissaient personne. Ils n'avaient découvert le prénom de l'autre que lorsque la prof principale avait fait l'appel, sans savoir qu'ils ne se quitteraient plus pendant trente ans, sans savoir ce que ce hasard déclencherait.

Ils vécurent l'amitié des enfants seuls, celle où l'on trouve un refuge précieux et exclusif, celle qu'on peut nouer à 11 ans lorsqu'on débarque au collège sans autre ami que son voisin de table. Petit à petit, les parents qui font connaissance, les familles qui se mêlent, les invitations en week-end, puis en vacances, dans la grande maison landaise de Stan, l'adolescence qui s'invite, et toujours cette amitié, exclusive et totale, qui grandit, à tel point qu'on les baptise « Hugo-et-Stan » comme si parler de l'un sans l'autre n'avait aucun sens, et dans laquelle chacun comprend vite qu'il est parfaitement vain de tenter de s'immiscer.

Dieu sait, pourtant, qu'ils étaient différents, mais il n'était écrit nulle part que deux amis devaient être identiques : au contraire, ils semblaient se compléter en tout comme deux pièces d'un puzzle, Hugo charismatique, Stan ombrageux, Hugo créatif, Stan rigoureux, Hugo chef de bande, Stan en retrait, Hugo volubile, Stan taiseux. Physiquement, aussi, Hugo était blond, Stan brun, ils faisaient la même taille, mais comme Hugo se tenait droit et Stan la tête dans les épaules, la différence semblait importante.

Ils avaient en partage bien des passions, l'histoire, la politique, les matchs de foot et les séries télé qu'ils regardaient ensemble, les livres qu'ils se prêtaient et dont ils parlaient ensuite.

Très vite s'installa le rituel des vacances d'été à Saint-Geours, deux mois complets de plaisir et d'insouciance, de foot ou de ping-pong pendant des heures, la route à vélo jusqu'au lac d'Hossegor ou l'océan, douze kilomètres tout de même, distance qui paraît d'abord insurmontable, puis qu'on avale d'un coup de pédale d'adolescent infatigable. Le bodyboard, l'insouciance, les filles bronzées, les soirées pieds nus sur la plage, les bonnes bouffes, les grasses matinées.

Puis Claire, la petite sœur d'Hugo, qui découvre la maison l'été de ses 16 ans, et qui commence à regarder Stan autrement que comme l'ami de son frère, comme Stan commence à la regarder autrement que comme la petite sœur de son pote, et eux qui se croient obligés de garder le secret, comme un jeu, vite découverts, sentant bien que cette nouvelle donne modifie le sens de tout cela, mais sans pouvoir, faute d'expérience, comprendre encore dans quelle mesure.

Leurs amis trouvaient au frère et à la sœur une ressemblance frappante qu'eux n'avaient jamais pu, ou voulu, identifier, d'autant plus qu'à chaque fois qu'ils leur demandaient de la caractériser, ils s'en montraient incapables. « Des expressions du visage », disaient-ils. À ce moment-là, Claire et Hugo souriaient ensemble, et tout le monde voyait ce qu'ils voulaient dire. Hugo et Claire, frère et sœur, chien et chat, toujours à se taquiner, mais toujours solidaires dans l'adversité : bref, une fratrie dans laquelle Claire avait dû faire assaut d'extraversion pour ne pas être totalement éclipsée par son frère.

Les premières nuits dans cette même chambre que Stan, désormais maître de maison, n'avait jamais quittée : ses parents n'étaient plus là, mais Stan avait décidé que leur suite resterait parentale pour toujours.

Le bac, les études, le droit, puis les chemins qui divergent, un peu, Stan au barreau, dans un grand cabinet de droit des affaires, Hugo à Sciences Po puis à l'ENA ou ce qui en tient lieu, puis le virus de la politique, un virus aux variants infinis et hautement contagieux qui, au hasard d'une rencontre, contamine Hugo qui, à son tour, contamine Stan.

— On m'a proposé d'intégrer l'équipe du secrétaire général du parti, pour le nourrir en notes sur les finances publiques, lui dit un jour Hugo.

— Ah c'est un type intéressant. Tu as accepté ?

— J'ai dit que j'allais réfléchir.

— Qu'est-ce qui te freine ?

— Il dit qu'il est présidentiable, mais moi je n'en suis pas sûr.

— Parfois, il vaut mieux être près du perdant que loin du gagnant.

— Ça se discute.

— Évidemment que ça se discute. Mais c'est pas comme si tu croulais sous les propositions.

— Je ne vais pas bosser pour rien !

— Ce n'est jamais pour rien. Tu es plutôt d'accord avec lui, non ?

— Hmm.

— Tu grattes quelques notes sur ton temps libre. Tu te fais remarquer, tu rencontres des gens, tu te fais un petit réseau. Et ton nom n'apparaîtra jamais, sauf si tu le décides. Je ne vois pas ce que tu as à perdre, à part un peu de jus de crâne.

— Tu m'aideras ?

— Mais j'y connais rien, moi, aux finances publiques.

— Je veux dire si je décide de faire sérieusement de la politique.

— Tu as déjà décidé.

Hugo n'avait pas souri.

Au beau milieu de tout ça, Emma qui arrive de Bayonne pour transformer le triangle en rectangle, les deux couples qui décident de se marier le même jour, avec, dans la pièce, un cinquième hôte envahissant : la politique.

Chacun se mariait avec son contraire, tels les extrêmes qui s'attirent comme deux aimants, à l'image de l'amitié entre Hugo et Stan : Emma, aussi brune qu'Hugo était blond, aussi petite que lui était grand, aussi introvertie que lui était volubile, aussi réfléchie que lui était spontané, aussi conceptuelle que lui était pragmatique. Emma qui ne parlait pas beaucoup, qui n'élevait jamais la voix, mais qui parvenait le plus souvent à ses fins.

Claire, avec un grand frère qui aurait pu prendre toute la lumière si elle n'avait pas été dotée d'un fort caractère, et qui avait choisi Stan, lui-même quelque part dans l'ombre d'Hugo, *alter ego* sans jamais être véritablement son égal, en retrait, silencieux, introverti, rigoureux, exigeant, solide, fiable. Rassurant, aussi.

Le jour de ces mariages, tous ces sentiments s'étaient cristallisés. Comme si chacun signait pour les trois autres et non pas seulement pour lui-même, comme si cette cérémonie venait sceller le destin de quatre personnes au lieu des deux habituelles, comme s'il s'agissait d'une sorte de carré magique, ces carrés dans lesquels chaque ligne dépend de chaque colonne, et réciproquement, carrés qui ne sont magiques que grâce à l'alchimie et l'équilibre entre les lignes et les colonnes, parfois même les diagonales.

Ce jour-là, chacun à son tour, ils acceptèrent, et leur réponse fut à l'image de chacun : un oui timide pour Emma, un oui sonore et déterminé pour Hugo, un oui franc et souriant pour Claire, un oui étouffé pour Stan, sans que la détermination de chacun soit proportionnelle aux décibels de son consentement.

Et les carrières qui évoluent, Stan dans son cabinet d'avocats, Hugo au confluent de la haute administration et de la haute politique, Claire qui termine sa médecine, Emma qui enseigne la macroéconomie à la fac et dans les grandes écoles.

La cérémonie terminée, ils étaient sortis sur le parvis écrasé de soleil, et ils avaient accumulé les félicitations sans vraiment les enregistrer, comme dans un moment irréel qu'on regrette ensuite de ne pas avoir pu vivre intensément. Ils voulaient être partout, suivre toutes les conversations à la fois. Moralité, ils n'étaient nulle part et n'en suivaient vraiment aucune.

Puis, se retrouvant par miracle seuls tous les quatre, ils s'étaient étreints sans un mot.

Au lieu d'observer la scène, au lieu de la revivre comme il l'avait vécue, en regardant autour de lui, en ne sachant plus où donner de la tête, en voyant tous ces visages amis et souriants, Stan la surplombait, s'observant lui-même avec vingt ans de moins, observant Claire, observant Hugo, observant Emma.

Stan ouvrit grand les yeux dans la nuit noire.

Il était trop tôt pour se lever et trop tard pour se rendormir.

Il descendit se faire un café, et se demanda à quel moment, et à quel endroit, les choses avaient commencé à mal tourner.

Sûrement pas au collège ni au lycée, ni ici, à Saint-Geours, ni à la mairie du 15e.

Tiens, on m'a proposé un truc rigolo.

À Moscou, la chaleur de septembre était écrasante, bien loin des vieilles images de la place Rouge sous la neige, au-dessus de laquelle les apparatchiks frigorifiés observaient sous leur chapka les troupes défiler.

Le petit groupe, une dizaine de jeunes femmes et hommes, tous français, avait été accueilli à Cheremetievo par un fonctionnaire sympathique et moustachu du ministère des Affaires étrangères russe, sosie de Gérard Jugnot après son passage chez le coiffeur dans *Les Bronzés*. Dans le bus coincé dans les gigantesques embouteillages vers le centre de Moscou, il se saisit du micro et entreprit de leur présenter leur séjour, dans un français parfait.

— Bienvenue en Rossiïskaïa Federatsiïa. Vous êtes toutes et tous les invités du Gouvernement. Je suis Anatoli Belov – appelez-moi Anatoli ! – et je vous accompagnerai tout au long de votre séjour. Avec un peu de chance, nous rejoindrons Moscou avant l'heure de votre avion du retour dans deux semaines. Pour répondre à la question que vous ne m'avez pas posée, non, je ne fais pas partie du KGB, puisque le KGB n'existe plus, et je ne fais pas non plus partie du FSB. Et même si c'était le cas, je ne vous le dirais pas. De toute façon, avec ma corpulence, je n'aurais jamais passé les tests physiques. Et si vous saviez par quels subterfuges je vous ai obtenu une visite de la Loubianka !

Hugo et Stan, installés côte à côte dans le bus, sourirent.

— Je suis sous-directeur au ministère des Affaires étrangères, mais ne soyez pas impressionnés, au ministère, tout le monde est sous-directeur. Je fais partie du service chargé de l'accueil des groupes du programme. Comme on vous l'a expliqué à Paris, nous accueillons, plusieurs fois par an, des groupes de jeunes talents tels que vous, en provenance de nombreux pays du monde, pour leur faire découvrir les richesses de notre beau pays, pour tordre le cou à un certain nombre d'idées reçues, aussi. Nous souhaitons que vous puissiez mettre ce séjour à profit pour vous faire votre propre idée sur la Russie, loin des préjugés qui ont, je le sais, la vie dure. Si vous êtes ici, c'est parce que vous avez été identifiés par notre ambassade en France comme des éléments prometteurs, dans des domaines différents : la politique, l'économie, la recherche, la science, les arts. J'espère simplement que la France vous a également identifiés, sinon ce serait inquiétant : à la fois pour elle, pour vous et pour nous ! Sur ma feuille, il est écrit que je dois vous dire que la Fédération de Russie souhaite perpétuer avec la France des liens étroits et amicaux.

Le petit groupe rit à nouveau.

— Le programme de votre séjour vous a été communiqué, et il tient compte des centres d'intérêt que vous avez exprimés lors de votre rendez-vous à l'ambassade : la politique, l'économie, mais aussi la culture et l'histoire. Nous allons d'abord passer quatre jours ici, à Moscou, avec une série de rendez-vous, dont vous trouverez la liste sur la feuille qui vous a été distribuée, et un certain nombre de visites culturelles. Puis nous irons à Saint-Pétersbourg, à Yalta, pour voir le site de la célèbre conférence de 1945, à Irkoutsk, puis à Vladivostok – je sais que vous attendez cette étape avec impatience – avant de revenir ici, à Moscou, pour votre dernière soirée. Cinq étapes, et sept fuseaux horaires ! Estimez-vous heureux d'éviter le Kamtchatka ! Mais vous êtes jeunes, vous allez digérer tout ça sans problème. Je vous propose de passer vous installer à l'hôtel Metropol, réservé à nos hôtes de marque, puis d'aller profiter du beau temps sur la place Rouge qui est juste à côté, avant d'aller dîner tous ensemble. Si nous arrivons avant la nuit, bien sûr, conclut le Russe en jetant un regard au chauffeur du bus.

En chantonnant, Hugo glissa à l'oreille de Stan :

— La place Rouge était vide, devant moi marchait Anatoli.

Stan rit.

— Je préfère la version originale !

— Tu parles d'un guide, je crois plutôt que c'est notre chaperon, et qu'il fera son rapport tous les soirs.

— Oh je ne vois pas très bien ce qu'il aura d'intéressant à raconter.

Bien vite, ils comprirent que le gouvernement russe leur avait sorti le grand jeu, avec des hôtels confortables et des restaurants fameux, des rencontres au plus haut niveau dans tous les domaines, des visites d'équipements soi-disant top secret, une baignade légendaire dans la mer Noire, à Yalta, après une visite émouvante du site de la fameuse conférence où s'était joué l'avenir du continent (et après un gentil lavage de cerveau sur l'histoire et l'avenir de la Crimée), et, cerise sur le gâteau, une audience de trois quarts d'heure avec le président. Et même une rencontre avec des opposants politiques, sans doute soigneusement choisis, au cours de laquelle leur chaperon s'était exceptionnellement éclipsé.

Le groupe était bien décidé, au début de ces deux semaines délicieuses, à distinguer la réalité de la propagande. Mais au fil des jours, la frontière entre les deux devenait un peu plus floue à mesure des rencontres et des journées passionnantes. Stan, qui tentait de garder la tête froide, admirait l'opération de *soft power*, sans être totalement certain d'y être insensible.

À la fin du séjour, dans l'avion de retour vers Moscou depuis Vladivostok, étonnante fenêtre ouverte vers l'Asie, Anatoli les avait réunis.

— Vous avez vu, nous avons quitté Vladivostok à 15 heures et nous allons atterrir à Moscou à 15 heures ! Je n'irai pas jusqu'à dire que nous avons inventé le voyage dans le temps, mais tout de même ! Ce soir, c'est votre dernière soirée : vous avez quartier libre ! Je ne serai même pas là pour vous surveiller, à mon âge, on se couche tôt et le décalage horaire est plus rude. Demain matin, rendez-vous à 9 heures dans le hall de l'hôtel, bagages préparés et check-out effectué, pour partir en bus pour l'aéroport. Avec le décalage horaire, vous aurez une heure de plus pour dormir dans l'avion vers Paris ! Bonne soirée, soyez sages !

À leur arrivée, en fin d'après-midi, Hugo et Stan se laissèrent entraîner par le groupe pour prendre quelques bières dans un bar proche de l'hôtel. Leur regard fut attiré par un écran qui retransmettait un match du Spartak Moscou.

Autour d'eux, l'ambiance monta vite d'un cran. D'abord bon enfant, puis, du fait d'un alcool douteux et d'un penalty qui ne l'était pas moins, la tension gagna l'assemblée, et Hugo et Stan, sans distinguer les mots, la sentirent monter.

— Je crois qu'il vaudrait mieux y aller, chuchota Stan.

— Mais non, tout va bien.

— Non, tout ne va pas bien, allons-y.

Mais déjà l'attroupement s'était fait et ils ne pouvaient plus sortir facilement. Devant eux, les premiers coups et les premières bouteilles volèrent. Retranchés dans un coin, ils étaient à la fois protégés et emprisonnés. Une bouteille de bière vint s'écraser sur le mur, non loin d'eux. Hugo et Stan, avec les autres garçons, protégèrent les filles du groupe.

— On va essayer de sortir, annonça Hugo.

— Sûr ?

— Soit on attend d'être faits comme des rats, soit on bouge.

Ils esquissèrent un mouvement collectif, une forme de tortue romaine, sans lances ni boucliers, en se protégeant le visage. Stan buta sur un type allongé par terre, et dut dégager ses bras pour parer sa chute. Son visage fut heurté par un objet, une bouteille ou un verre qui éclata au contact de son front, juste au-dessus de son œil droit. L'arcade sourcilière n'y résista pas et le sang jaillit aussitôt, dans un jet aussi impressionnant qu'inoffensif. À la vue du sang, le petit groupe paniqua et se dispersa. Hugo fonça vers Stan.

Dans un bruit de tempête, une dizaine de policiers en uniforme débarquèrent dans le bar. Ils arrivaient à la fois très vite et trop tard, mais l'ordre fut aussitôt rétabli à coups de cris et de matraques. À la grande consternation du petit groupe, ils passèrent les menottes à quelques bagarreurs, choisis un peu au hasard.

Stan en faisait partie : aux yeux des policiers qui débarquaient, il avait une tête de coupable plutôt que de victime.

— *Frantsuz ! Frantsuz !* tenta Hugo, qui ne réussit qu'à arracher au policier un rire ironique et qui se retrouva, du coup, dans le camp des menottés.

— *Russkiy ! Russkiy !* imita le policier en repartant, déclenchant l'hilarité de ses collègues.

Ils furent conduits vers une camionnette de la police. Dans le panier à salade, le silence régnait. Hugo et Stan ne purent s'empêcher de se demander où on les emmenait et pour combien de temps, et aucune réponse n'était évidente ni réjouissante.

— Ne t'en fais pas, dit Hugo, l'ambassade sera vite avertie.

— Pourquoi voudrais-tu que je m'en fasse ? répondit Stan, qui tentait de faire cesser l'hémorragie avec une serviette.

Ils furent débarqués dans ce qui ressemblait à un commissariat et conduits dans une cellule de dégrisement avec leurs compagnons d'infortune qui, pour la plupart, s'endormirent aussitôt profondément.

Une infirmière, visiblement expérimentée et bien nourrie, mais à l'hygiène douteuse, vint évaluer la blessure de Stan. En la voyant, Stan pria pour que les points de suture puissent être remis à plus tard, mais son vocabulaire en russe ne lui permit pas d'exprimer sa préoccupation très précisément.

L'infirmière, indifférente à ses états d'âme, lui fit signe de l'accompagner. Hugo se leva pour les suivre, mais il n'était visiblement pas prévu au programme et un policier lui fit signe de rester dans la cellule.

Stan revint quelques minutes plus tard, avec un pansement sur l'arcade.

— Ça va ? demanda aussitôt Hugo.

— Je crois que je viens de rencontrer l'amour, malheureusement je suis déjà marié à ta sœur.

Hugo partit dans un fou rire.

Une heure plus tard, un policier vint ouvrir la porte de la grande cellule où ils somnolaient avec les autres.

— Ah, je ne peux pas vous laisser seuls deux heures dans Moscou ! *Ochen' plokhoye puteshestviye !* ajouta Anatoli à l'intention du gardien qui éclata de rire.

— Qu'est-ce que vous lui avez dit ? demanda Hugo.

— *Very bad trip*, en bon français !

Anatoli, goguenard, désigna Hugo et Stan au policier, qui leur fit signe de sortir, accompagnés des protestations de leurs codétenus qui ne bénéficiaient pas du même traitement.

— Une prison russe, ça manquait à notre visite !

— Croyez-moi, ici, ce n'est pas une prison russe, et croyez-moi, ça ne vous manque pas.

Anatoli ne semblait pas plaisanter, et un frisson parcourut l'échine des deux compères. En deux semaines, c'était la première fois qu'il laissait échapper ne serait-ce qu'un bout de phrase ironique sur le régime.

— Et les autres ? demanda Hugo.

— Ils sont sortis du bar sans encombre.

— Je crois que j'ai besoin d'une bière et d'un hamburger, dit Stan.

— Ah, toujours partant pour goûter les spécialités locales, à ce que je vois. Allons-y, je connais un endroit.

— Calme ?

Anatoli sourit.

— Les supporters du Spartak sont un peu rustiques. Je préfère soutenir le Dinamo. Ils gagnent moins, mais ils s'énervent moins. C'est peut-être pour ça qu'ils gagnent moins, d'ailleurs. Je préviens les autres, pour qu'ils nous rejoignent s'ils veulent.

Le dîner fut bon et arrosé, et Hugo et Stan, l'alcool aidant, oublièrent leurs déboires, mais après le dessert, l'arcade sourcilière de Stan le lança à mesure que diminuait l'effet du calmant, et une grosse migraine lui fracassa tout à coup la tête.

— Je crois que j'ai un contrecoup… je vais rentrer, dit-il à Hugo.

— Ok, je vais boire un dernier verre avec les autres. Ça va aller ?

Stan acquiesça.

— À demain, ne sois pas en retard.

— Il va falloir que tu expliques ça à Claire ! le taquina Hugo en montrant son pansement.

— Heureusement que j'ai d'autres témoins que toi.

— Pas tous très fiables !

— Apéro dans une heure ! annonça Stan en sortant de la voiture surchauffée, après une journée sur la grande plage d'Hossegor.

— Dis, on la fait, cette piscine ? supplia Claire.

— Là tout de suite ?

— On en parle depuis si longtemps !

— D'habitude tu m'en parles l'été, là tu m'en parles à Pâques, merci le changement climatique !

— Si tu veux, je t'en parlerai à Noël.

Stan sourit, tandis que Claire et Emma montaient se doucher.

— Pétanque ? proposa Hugo.

— Pétanque.

— Rosé ?

— Rosé.

Pendant quelques minutes, ils se concentrèrent sur le cochonnet et sur le bandol frais.

— Il ne reste que deux semaines, dit soudain Hugo. Je pense qu'il va gagner.

— Moi aussi.

— Quelle histoire…

— Est-ce qu'il t'a reparlé depuis…

— Non. Mais tout à l'heure, sur la plage, pendant que tu te baignais avec Claire, j'ai reçu un SMS. Son directeur de campagne veut me voir mardi.

— Pour la circo ?

— Je suppose. Peut-être autre chose aussi.

— Autre chose ?

Hugo haussa les épaules, et resta un instant silencieux.

— Y a combien ?

— 11-9.

— Non, 11-8, t'es encore en train de gruger.

— Pourquoi tu me demandes le score, alors ?

— Pour voir jusqu'à quel âge tu vas me voler des points.

— C'est toi qui as mal compté.

Stan leva les yeux au ciel et tenta, en vain, un carreau.

— Ben quoi, t'es énervé ?

Hugo lança sa boule qui roula doucement jusqu'à se coller au cochonnet.

— Tu devrais jouer au loto, tout te réussit en ce moment.

Hugo s'interrompit avant de lancer la boule suivante.

— Si tu ne m'avais pas convaincu de lui gratter des notes, il y a quatre ans…

Stan haussa les épaules.

— Ça va être chaud, continua Hugo. Avril, mai, juin, la présidentielle, les législatives…

— Oui, à se demander ce qu'on fout ici, alors que tout se passe à Paris.

— On se repose, on va en avoir besoin.

— On ?

— Je pourrais demander quelque chose pour toi, aussi.

Stan hocha la tête avec une moue sceptique.

— Tu ne vas pas faire des fusions-acquisitions toute ta vie !

— Et pourquoi pas ? J'adore la politique, mais je ne sais pas si je suis fait pour ça.

— Fait pour ça ? Ça ne veut rien dire. Il n'y a pas une seule manière de faire. Si tu en as envie, tu t'en donnes les moyens, et puis voilà.

— Ce n'est pas tellement la question. Je connais mes limites, à commencer par celles que je me fixe à moi-même. Donc je peux essayer de faire de la politique, bien sûr, y faire une carrière honorable, mais je serai vite à mon plafond. Toi, c'est différent.

Oubliant la partie, ils s'étaient assis sur le banc, un verre à la main.

— Je les ai bien observés, tous, reprit Stan.

— Tous ?

— Tous ceux qui font de la politique à haut niveau. Ils sont intelligents, ambitieux, réfléchis, stratèges, déterminés, organisés.

— Pas tous, non.

Stan balaya la remarque d'un geste de la main.

— Partons du principe qu'ils le sont. Tu auras toute ta vie pour dire du mal de tes compétiteurs, mais là, tout de suite, on a 32 ans, on fait une pétanque, il n'y a pas de journalistes et personne ne te connaît. Donc, je disais, ils sont intelligents, mais il y a deux choses qui peuvent leur faire perdre tout bon sens et tout sang-froid : le fric ou le cul ou les deux. Ces deux choses font faire les plus grosses erreurs à des personnes par ailleurs très rationnelles et structurées. Ça me frappe de voir à quel point l'irrationnel, le passionnel peuvent compromettre les plus belles carrières.

— De ce point de vue, tu es peinard !

— Je suis sérieux. Est-ce que tu te sens prêt, toute ta vie, à résister à toutes les tentations sur ces deux sujets ?

Hugo sourit.

— C'est pour ça que tu ne veux pas faire de politique !

— Crétin. Réponds à ma question.

— Je pourrai toujours gruger à la pétanque ?

— Seulement contre moi, parce que moi, je ne le dirai jamais à personne.

Hugo resta silencieux pendant un petit moment, que Stan n'interrompit pas.

— C'est ça que je veux faire, je ferai tout pour y arriver, et je n'y arriverai pas sans toi, dit-il finalement.

— Je n'ai pas dit que je te laisserais seul. On va faire cette campagne législative, et après, on verra bien. Mais on entre sur un terrain dangereux, il faut qu'on décide deux ou trois choses.

Hugo le questionna du regard.

— Jamais on ne laissera quiconque nous séparer ni mettre le bordel entre nous. Jamais on ne se fâchera à cause de la politique. Enfin, on doit tout se dire, y compris les choses les plus gênantes ou perturbantes, se créer une bulle étanche.

Hugo approuva.

— Puisqu'on démarre les compteurs : est-ce qu'il y a quelque chose que je dois savoir ?

Hugo hésita un instant, le regard dans le vide, puis ouvrit la bouche pour lui répondre.

Emma et Claire les observaient par la fenêtre du premier étage.

— Je me demanderai toujours de quoi ils peuvent parler, soupira Emma.

— Oh, avec trois coups dans le nez, ça ne doit pas aller chercher bien loin.

Elles rirent.

Quelques minutes plus tard, ils se retrouvèrent tous les quatre sur la terrasse, et ouvrirent une deuxième bouteille.

Stan s'apprêtait à remplir les verres. À sa surprise, Claire posa la paume de la main sur son verre pour l'empêcher de la servir.

Stan, qui était le seul à avoir remarqué son geste, l'interrogea du regard. Sans rien dire, elle lui sourit.

Il resta interdit.

— Je crois qu'on va la faire, cette piscine, annonça-t-il finalement.

— Cher Professeur, il était grand temps que la République vous honore, vous qui lui avez tant apporté par la qualité, mondialement reconnue, de vos travaux de recherche.

Stan détestait les pince-fesses, ce qui, quand on veut faire de la politique, n'est pas idéal. Il ne savait jamais où se mettre, ni quoi faire de son corps, et en particulier de ses mains, ni quoi dire, ni à qui, pensait que tout le monde remarquait sa gêne, parce que lui s'observait en permanence, comme s'il sortait de lui-même et se moquait de ce qu'il voyait. Il observait avec fascination ceux qui se mouvaient avec aisance dans ces circonstances, et, avec le temps, il passait plus de temps à éviter les fâcheux qu'à retrouver des gens qu'il avait plaisir à voir. Une raison de plus pour laisser à d'autres le devant de la scène, sans pour autant renoncer à influencer le cours des choses.

Il refusait la plupart des invitations, et, lorsqu'il lui arrivait d'en accepter, le jour venu il se demandait toujours pourquoi, et la plupart du temps il annulait. Cette fois, il n'y couperait pas : son père, un grand professeur de médecine, se voyait remettre l'ordre national du Mérite par le ministre de la Santé, et il n'était pas question de rater ça.

Ce jour-là, il se sentit dans son élément : c'était tout autant une cousinade qu'un cocktail, et il retrouvait avec plaisir des membres de la famille perdus de vue depuis longtemps, d'autant plus de plaisir qu'il ne les reverrait probablement pas avant longtemps, au prochain enterrement, sûrement. Ou au prochain baptême, se dit Stan avec un pincement au cœur.

Il sentit une main lui taper doucement sur l'épaule, et s'attendait à devoir retrouver fissa le prénom du lointain cousin qui, lui, l'aurait reconnu. Mais à la vue du visage de l'homme qui l'avait interpellé, il dut aller chercher l'information dans sa mémoire ailleurs que dans les fêtes de famille.
— Anatoli ?
— Ah vous m'avez reconnu ! Monsieur… Perret, c'est bien ça ? Quelle surprise !
— Vous avez de la mémoire, vous aussi. Huit ans après, bravo !
— Difficile de vous oublier ! répliqua Anatoli en montrant le sourcil de Stan. Figurez-vous que je viens d'être nommé à l'ambassade à Paris pour mes dernières années de carrière. J'imagine que c'est

une récompense ! Ça me pendait au nez, à force d'accueillir des groupes de jeunes Français ! Je représente monsieur l'ambassadeur : les recherches de votre père ont inspiré de nombreux scientifiques de mon pays. Qu'est-ce que vous devenez ?

— Je suis conseiller d'Hugo Lamorlaye au porte-parolat du Gouvernement.

— Décidément vous êtes inséparables ! Nous avons eu raison de vous inviter, à l'époque : vous êtes devenus des personnalités importantes !

— C'est beaucoup dire.

— Vous êtes trop modeste ! Je ne l'ai pas vu ce soir…

— Non, il a été retardé au dernier moment, il devrait nous rejoindre.

— Les obligations ministérielles ! J'ai entendu dire qu'il pourrait être promu après la prochaine élection ?

— Si le président est réélu, peut-être.

— Oui, c'est vrai, vous avez ce genre d'aléas, chez vous ! J'espère que vous gardez un bon souvenir de votre voyage en Russie ?

— Excellent ! Même notre petite escapade policière nous fait sourire, avec le recul.

— Ce n'était pas au programme ! Mis à part votre ami, est-ce que vous avez gardé le contact avec les autres participants ?

— Pas vraiment, vous savez ce que c'est, on se promet de se revoir, et puis le temps passe, tout le monde a son boulot, sa famille…

— Bien sûr, je comprends. Il me vient une idée : nous pourrions organiser un déjeuner avec tout le monde, non ? Vous seriez mes invités.

— C'est une très bonne idée !

— Vous pensez que Monsieur le Ministre nous ferait l'honneur de sa présence ?

— Oh, je pense que oui !

— Fort bien. Je vais lancer l'invitation.

— Vous avez les coordonnées de tout le monde ?

— Ne vous en faites pas pour ça ! À bientôt, donc, cher monsieur, je dois retourner à l'ambassade, je compte sur vous pour transmettre mes félicitations à votre père ?

— Bien sûr.

Le Russe s'éloigna mais sembla se souvenir de quelque chose, comme le lieutenant Columbo dans ses meilleurs moments.

— Ah, pendant que je vous tiens, j'ai un petit service à vous demander. À l'ambassade, je suis chargé de suivre la vie politique française, et ce n'est pas simple ! Est-ce que vous pensez que vous pourriez m'inclure dans les destinataires des fiches du porte-parolat ? Des collègues d'autres ambassades m'en ont parlé, ils me disent qu'elles sont très bien faites. J'en ai déduit qu'elles sont publiques, je ne veux surtout pas vous compromettre ! ajouta-t-il avec un clin d'œil. Et ça me permettra surtout de les avoir en même temps que tout le monde et d'avoir l'air moins idiot, ce qui n'est pas du luxe, comme on dit chez vous !

— Je… je suppose que c'est possible.

— Vous êtes bien aimable, voici mes coordonnées, fit Belov en lui tendant sa carte et en s'éloignant, cette fois pour de bon.

Stan regarda le Russe s'éloigner définitivement, tandis que Claire le rejoignait, avec une petite fille dans les bras.

— Avec qui tu parlais ?

— C'est le type qui nous a chaperonnés pendant notre voyage en Russie.

— Qu'est-ce qu'il fait ici ?

— C'est une bonne question.

La petite fille tendit les bras vers Stan.

— Alors la puce, tu as vu, il y a des mini-éclairs au chocolat !

— J'en ai pris trois ! Et un jus de pomme !

Stan la prit dans ses bras et l'embrassa.

— Tu piques !

Emma les rejoignit, et Pauline tendit aussitôt les bras vers ceux de sa mère.

Dans ces circonstances, Stan regardait toujours Claire. Quatre ans après, le voile de tristesse sur le visage de Claire ne s'était pas dissipé, et l'arrivée de Pauline dans le foyer d'Emma et Hugo, c'est-à-dire à la fois si proche et si loin du leur, avait suscité un mélange de joie profonde et de mélancolie intense, qui la ramenait sans cesse à la perte de leur propre enfant, à trois mois du terme. La petite Pauline, qui avait 3 ans (« et demi ! » pointait-elle fièrement), n'y était pour rien, Claire était sa tante et sa marraine, Stan son parrain, et ils débordaient d'amour pour elle, mais en la voyant, il était difficile de ne pas repenser à ce moment douloureux et à la sombre perspective, réelle selon les médecins, qu'ils n'aient jamais d'enfant.

Si personne n'en avait rien laissé paraître, l'équilibre du carré magique s'en était trouvé modifié. Jusqu'alors, il semblait si naturel que leurs enfants naissent et grandissent ensemble, avec quelques mois d'écart tout au plus, mais ils avaient réfléchi comme si la vie future devait leur réserver aussi peu de mauvaises surprises que leur vie passée.

L'arrivée tardive d'Hugo détourna tout le monde de ses pensées, sombres ou moins sombres. Imperceptiblement, le silence s'était fait. Jeune député, il s'était fait remarquer d'emblée, et avait été nommé porte-parole du Gouvernement deux ans auparavant, un poste exposé et périlleux. Il n'avait pas commis de grosse erreur, et il était omniprésent dans les médias. Ce poste, apparemment subalterne dans la hiérarchie gouvernementale, était en fait directement rattaché au Premier ministre et lui avait donné un accès privilégié, et quotidien, à celles et ceux qui devraient, en cas de victoire, décider du nouveau Gouvernement, en particulier le président et son équipe. Les journalistes appréciaient sa disponibilité, et son nom était cité parmi ceux qui semblaient en droit d'attendre une promotion, ce qui lui valait quelques espoirs et beaucoup d'ennemis.

C'est à ce genre de silences, à ce genre de regards, dans ce genre d'aréopages, que Stan mesurait à quel point la cote d'Hugo avait monté. Encore fallait-il gagner l'élection.

Hugo salua brièvement tout le monde avant de rejoindre les autres membres du carré.

— Tu ne devineras jamais qui tu viens de rater… Anatoli, notre guide en Russie.

— Ah bon ? Mais qu'est-ce qu'il faisait là ?

— Il vient d'être nommé à Paris. Il représentait l'ambassadeur qui tenait à rendre hommage à Papa parce que, paraît-il, il est très connu en Russie. Mais bon, dans les Landes personne ne le connaît, alors…

— Ça rappelle des souvenirs, sourit Hugo en montrant le sourcil de Stan, séparé en deux par une cicatrice.

— Je ne sais pas ce qu'il faisait là, mais je suis sûr que lui savait que je serais là.

— Bon, c'est une petite main, non ?

— Je me suis toujours demandé si ce n'était pas un type important déguisé en sous-fifre.

— Il y en a tellement qui font l'inverse…

L'invitation à déjeuner à l'ambassade arriva très rapidement ensuite.

Hugo et Stan s'attendaient à être reçus dans le bâtiment années 70, boulevard Lannes. Au lieu de cela, l'invitation mentionnait la résidence de l'ambassadeur, rue de Grenelle, dans le quartier des ministères et des ambassades, à quelques pas seulement du porte-parolat.

Pour la première fois depuis le voyage commun, huit ans auparavant, le groupe était au complet. Tous étaient heureux de se retrouver, tous se demandaient pourquoi ils ne l'avaient pas fait avant, et tous se demandaient s'ils le feraient après. À l'apéritif, ils prirent des nouvelles les uns des autres et échangèrent leurs coordonnées : ils étaient nombreux à s'être perdus de vue, et ils étaient nombreux à être montés en grade, chacun dans son domaine.

L'ambassadeur les reçut en personne, sans doute du fait de la présence d'Hugo, ministre en exercice, qui, comme d'habitude, prenait toute la lumière. Le protocole l'avait placé au centre de la table, en face de l'ambassadeur, et la conversation tournait autour d'eux deux. Le déjeuner s'annonçait plus formel qu'ils ne l'avaient tous espéré. Anatoli, assis en bout de table à côté de Stan, observait silencieusement la scène.

— Vous exercez des fonctions difficiles, Monsieur le Ministre, commença l'ambassadeur.

— Mais vous aussi ! Finalement, nous faisons un peu le même métier : ne répondre à aucune question, soit parce que nous n'avons pas la réponse, soit parce que nous ne pouvons pas la donner.

— Le porte-parole sait tout et ne dit rien, c'est bien connu !

— Il y en a tellement qui font l'inverse, répliqua Hugo en regardant Stan.

— Haha vous avez raison, conclut l'ambassadeur en levant son verre. J'apprécie le talent qui consiste à mettre le minimum de pensée dans le maximum de mots, comme disait je ne sais plus qui.

— En la matière, vous êtes mon maître !

Toute la tablée s'esclaffa.

— Comment voyez-vous la présidentielle de l'année prochaine ? demanda l'ambassadeur.

— En six mois, beaucoup de choses peuvent se passer. J'espère que le président sera réélu, mais chez nous ce n'est jamais simple.

— C'est vrai que vous avez l'art de compliquer les choses ! Mais s'il est réélu, ça devrait vous valoir une jolie promotion, d'après ce que je lis.

— Oh, il ne faut pas croire la presse.

— À qui le dites-vous !

À la fin du déjeuner, le petit groupe se disloqua lentement.

Stan vit l'ambassadeur prendre Hugo à part, puis ils marchèrent, ensemble, jusqu'à l'Assemblée nationale, pour la séance de questions au Gouvernement.

Sur le trajet, ils préparèrent quelques formules en réponse aux interpellations auxquelles Hugo risquait de devoir répliquer, ce qui ne laissa pas à Stan le loisir d'échanger sur l'impression bizarre qu'il avait ressentie pendant le déjeuner.

— Jo-yeux a-nni-ver-saire, Pau-line !

Toute la tablée chantait, et la petite fille était radieuse en soufflant les neuf bougies sur l'énorme gâteau au chocolat (avec des Smarties dessus) préparé pour l'occasion. Elle les éteignit du premier coup sous l'ovation générale, puis regarda fièrement sa mère, son père, son parrain et sa marraine.

— Et maintenant, tu peux ouvrir tes cadeaux ! lança Hugo.

Les copines du CM1 quittèrent la table comme une volée de moineaux, laissant les adultes entre eux.

Le mois d'avril tirait à sa fin, et le premier tour de la présidentielle avait lieu le lendemain. Après cinq ans dans l'opposition à la suite de la défaite, Hugo trépignait. Il avait perdu son portefeuille ministériel mais, après avoir fait semblant d'envisager de tout arrêter, il avait gardé sa circonscription de justesse malgré les vents contraires, ce qui lui avait permis d'émerger comme un des leaders de sa génération, et de postuler à un ministère important en cas de victoire.

De son côté, Stan était redevenu avocat. Après avoir goûté à l'adrénaline de la politique, il s'ennuyait à cent sous de l'heure et brûlait, lui aussi, de reprendre du service.

Emma et Claire observaient en souriant le ballet des coups de fil et des conjectures. Bien sûr, ils étaient là pour l'anniversaire de Pauline, mais ils étaient ailleurs.

— Aux chaises musicales, on ne sait jamais qui va se retrouver cocu, soupira Hugo.

— Tu auras quelque chose de bien, c'est sûr.

— J'en connais un certain nombre qui pensaient la même chose et qui ne sont plus là.

— Budget ? suggéra Stan comme si tout le monde voyait de quoi il parlait.

— Le Budget, j'aurais pu le faire si on avait gagné il y a cinq ans. Déjà à l'époque, j'étais trop vieux pour le porte-parolat.

Stan haussa les épaules.

— Depuis quand il y a un âge pour les ministères ? 42 ans, c'est pas le troisième âge non plus…

— Non, mais au Budget tu passes ta vie à dire non à tout le monde. On ne se fait pas beaucoup de copains…

— Au porte-parolat, tu passais ta vie à ne pas répondre aux questions, je ne sais pas si c'est mieux.

— En tout cas, ça te convenait parfaitement, sourit Emma.

— Un truc régalien, ce serait bien, poursuivit Hugo comme s'il était seul.

— L'Intérieur ?

— Hmm c'est le plus dur, le plus visible aussi. Si ça arrive, on va passer un cap…

— Un cap ? demanda Claire.

— En termes de notoriété, de prestige, de danger, aussi…

— De danger ?

— Je veux dire en termes d'exposition, de protection rapprochée…

— Je n'ai aucune envie de mêler Pauline à tout ça, soupira Emma. De toute façon, ce n'est pas toi qui vas choisir !

— Non, mais si on me demande ce que je veux, il faut que je sache quoi répondre, et sans hésiter, comme si c'était ma vocation depuis la maternelle, avec deux ou trois grandes idées.

— Et si le coup de fil arrivait maintenant, tu répondrais quoi ?

À ce moment précis, le portable de Stan sonna, les faisant sursauter.

— Ah finalement, c'est toi qui vas être au Gouvernement, sourit Emma.

Stan sourit et consulta le message, un SMS d'Anatoli. Il avait gardé le contact avec le Russe, qui l'invitait à déjeuner une fois par an, parfois seul, parfois avec d'autres participants au voyage.

« Je crois que les félicitations sont de rigueur pour votre ami Lamorlaye ! »

Les félicitations ? Stan fronça les sourcils. Hugo surprit son trouble et l'interrogea du regard. Stan haussa les épaules et, intrigué, il s'éloigna pour appeler le Russe.

— Je n'ai pas compris votre message.

— Vous êtes décidément un excellent comédien.

— Non, mais je vous assure, je sais bien qu'Hugo est pressenti pour revenir au Gouvernement, mais de là à dire qu'il aurait des assurances, et *a fortiori* une destination…

— Vous ne voulez pas me le dire, et je comprends, mais il sera très heureux à la Défense, et vous aussi, vous verrez.

Stan fit mine de ne pas être surpris. C'était la première fois qu'il entendait parler de cette hypothèse. Il resta silencieux une seconde de trop.

— C'est une rumeur parmi d'autres, articula-t-il finalement.

— Croyez-moi, j'ai appris à distinguer les sources fiables de celles qui ne le sont pas !

— Lambert s'y prépare depuis longtemps, le candidat lui a confié le groupe de travail sur le sujet, dit Stan pour masquer son étonnement. Il n'est pas brillant mais il a du poids politique, donc le plus probable, c'est qu'il soit nommé pour éviter un problème.

— Vous en savez sans doute plus que moi, mais ça m'étonnerait.

— Qu'est-ce qui vous fait dire ça ?

— Mon petit doigt. Bon, encore faut-il que votre candidat gagne, bonne chance pour demain et pardon de vous avoir dérangé un samedi !

Stan raccrocha et observa un instant les filles qui ouvraient bruyamment les cadeaux. Qu'il enviait cette insouciance ! Il rejoignit les autres.

— Tu as dit à quelqu'un que tu étais intéressé par la Défense ? demanda-t-il à Hugo.

— En tout cas, il ne me l'a pas dit à moi ! intervint Emma.

— Ni à moi, répliqua Claire.

Les deux femmes, habituées aux messes basses de leurs maris, rirent de bon cœur.

— Pourquoi tu me demandes ça ? fit Hugo, qui semblait sincèrement étonné.

— Il répond toujours à une question par une question ? demanda Emma.

— Ça arrive assez souvent, je dois dire, dit Stan. C'est notre Russe préféré qui me dit que tu vas aller là-bas.

— Encore une rumeur, ça rend dingue tout le monde, et pas seulement les Français, on dirait. Et de toute façon, c'est Lambert qui l'aura.

Stan sourit en voyant le cerveau de son pote se mettre à tourner à toute vitesse.

— La Défense… je ne sais pas si c'est ce que j'aurais choisi… C'est… une autre dimension…

Stan fit la moue.

— C'est régalien, c'est très bien, c'est les dorures, c'est l'État, mais à moins qu'il y ait une guerre, ce que personne ne souhaite… je ne connais aucun ministre de la Défense qui ait crevé l'écran depuis…

— Crevé l'écran ?

— Oui, qui soit devenu…

— Président ? sourit Emma.

— D'autant que tout se décide à l'Élysée, renchérit Stan.

— Justement, contra Hugo, c'est l'assurance d'un lien direct avec le président, en plein cœur du domaine réservé. Et je n'en connais aucun qui ait été impopulaire… et si ça arrive, je serai…

— … le plus jeune depuis longtemps, oui, je sais. C'est une mauvaise raison de vouloir y aller.

— De toute façon, ce n'est pas comme si j'avais le choix. Et à ma connaissance, ce ne sont pas les Russes qui forment le Gouvernement.

— Pas encore, dit Stan, qui n'était pas certain de plaisanter.

Le lendemain, jour du second tour, tout indiquait la victoire du candidat soutenu par Hugo, qui s'apprêtait à mettre fin à cinq ans de traversée du désert, toute relative, après avoir pris une part active à la campagne. Le Premier ministre était déjà identifié, et les grandes manœuvres pour la formation du Gouvernement étaient enclenchées.

Après avoir voté à Saint-Geours, Stan regagnait Paris en voiture lorsque son téléphone sonna. Il vit s'afficher le nom du directeur de campagne du candidat, pressenti pour être secrétaire général de l'Élysée après la victoire.

— Salut, Stan. Je n'ai pas beaucoup de temps. Je t'appelle pour savoir comment Hugo réagirait si le président lui proposait la Défense.

— La Défense ?

— La Défense.

— Je croyais que c'était fléché pour Lambert.

— C'était le cas, mais il ne veut pas entrer au Gouvernement, alors qu'il disait le contraire depuis des mois. Il m'a vaguement parlé de raisons personnelles, c'est ce qu'on dit quand on a un problème, je n'ai pas insisté. Il espérait peut-être que j'essaie d'en savoir plus, voire de le retenir. Est-ce que tu peux sonder Hugo dans l'heure qui vient ? Je suis en train de boucler l'architecture du Gouvernement.

— S'il dit oui, c'est pour lui ?

Stan sentit l'hésitation de l'autre.

— Tu connais les aléas de ce genre d'affaires… Mais s'il dit oui très vite, c'est pour lui, oui.

Stan s'apprêtait à prévenir Hugo, mais il connaissait déjà sa réponse. Stan aurait bien aimé évaluer la possibilité pour Hugo de demander autre chose, mais c'était toujours risqué, et Stan se dit qu'il aurait posé la question davantage pour lui-même que pour Hugo, ce qui n'était pas dans l'ordre des choses.

Un instant fugace, Stan repensa à la prédiction d'Anatoli, en se demandant si elle était seulement fondée sur une intuition, sur son « petit doigt », comme il avait dit, expression française par excellence. Le fait est que le Russe semblait le savoir avant eux, à moins qu'il ne s'agisse d'un coup de chance : parmi toutes les rumeurs qui circulaient, il était fatal qu'au moins l'une d'entre elles finisse par devenir réalité.

« *À cinq heures, nous arrivons. Immédiatement, je suis saisi par l'impression que rien n'est changé à l'intérieur de ces lieux vénérables. Des événements gigantesques ont bouleversé l'univers. Notre armée fut anéantie. La France a failli sombrer. Mais au ministère de la Guerre, l'aspect des choses demeure immuable. [...] Rien n'y manque. Excepté l'État. Il m'appartient de l'y remettre. Aussi m'y suis-je d'abord installé.* » Général Charles de Gaulle, le 25 août 1944.

À force de les lire et de les relire, Stan connaissait par cœur ces phrases des *Mémoires de guerre* du Général qui décrivent son retour après la libération de Paris et son installation ici même, à l'Hôtel de Brienne, siège du ministère alors baptisé ministère de la Guerre.

Ces phrases étaient immortalisées, si besoin était, sur une plaque apposée au mur, derrière le bureau et le fauteuil que le Général occupait alors, dans un salon du premier étage, premier d'une série de salons commandés les uns par les autres. Selon la légende, personne n'avait jamais osé s'asseoir sur son fauteuil depuis. Stan, fasciné par cette pièce, venait souvent s'y isoler lorsqu'il avait un problème compliqué à résoudre, ne serait-ce que pour se rappeler que sa préoccupation du jour était particulièrement dérisoire à côté de celles de l'occupant d'alors.

Il venait ici tant son bureau, au rez-de-chaussée, était aussi fréquenté qu'un hall de gare, et c'était lui qui l'avait voulu ainsi.

Comme une évidence, et sans même que ce soit discuté, ni sur le principe, ni sur les modalités, Stan avait accompagné Hugo au ministère, quittant sans regret son cabinet d'avocats pour retrouver la politique, dans un ministère qu'il comprenait mal, mais auquel il s'attacha vite, d'autant que comme au porte-parolat, sa proximité avec le ministre lui assurait une position privilégiée.

Le poste de directeur de cabinet était, par tradition, réservé à un haut fonctionnaire, en l'occurrence une Conseillère d'État, Mathilde, qui avait rédigé plusieurs rapports remarqués sur les sujets de défense. De son côté, Stan était *Conseiller auprès du ministre*, un titre aussi obscur pour le monde extérieur que prestigieux pour le microcosme : le « conseiller auprès », lorsqu'il existe, est hors hiérarchie, en charge de rien mais légitime à s'occuper de tout, en grande proximité politique, sinon personnelle, avec le ministre. Il n'écrit pas les discours mais il les relit en dernier, à la grande joie de celui ou celle qui a sué sang et eau pour les rédiger. Il ne bâtit pas l'agenda mais il peut le remanier à l'envi, à la grande joie de celui ou celle qui s'est trituré les méninges pour concilier l'inconciliable. Il n'établit pas les déplacements, mais il peut en modifier le déroulé et s'y inviter au dernier moment. Il ne conçoit pas la stratégie ni les choix de communication, mais il peut les changer au dernier moment, à la grande joie de celui ou celle dont c'est le métier depuis toujours. Il peut décider à tout moment que le sujet d'un autre devient le sien, à la grande joie du conseiller qui étudie la question depuis des décennies et qui voit débarquer un profane péremptoire. Il peut monter dans la voiture à côté du ministre alors qu'un autre attendait ce moment depuis des semaines. C'est avec lui que le ministre va manger une pizza pour parler de politique ou, mieux, d'autre chose. Il peut entrer dans le bureau du ministre sans frapper, s'inclure dans toutes les réunions, poser toutes les questions, orienter toutes les décisions. Il fait office, aussi, de conseiller politique, pour assurer le contact avec les parlementaires, les élus, le parti, mais aussi l'Élysée et Matignon, la préparation des élections, toutes choses précieuses pour le présent et pour l'avenir.

Autant dire qu'on déteste facilement le « conseiller auprès » s'il se pique d'expliquer leur métier aux conseillers techniques ou, pire, aux militaires, d'autant que pour matérialiser leur proximité personnelle et politique, Hugo l'avait installé juste à côté de lui, dans le gigantesque bureau traditionnellement dévolu au chef du cabinet civil, bousculant les habitudes dans un ministère où elles sont solidement ancrées.

Comme il pouvait tout se permettre ou presque, Stan se fit un devoir de ne rien s'autoriser, et décida d'emblée de mettre sa proximité avec le ministre au service du collectif du cabinet et non pas au service de ses propres idées ou de son propre intérêt : autrement dit de considérer que sa position, enviable et privilégiée, lui donnait plus de devoirs que de droits.

Il formait avec Hugo et Mathilde le triangle de tête du ministère, un triangle qui ne pouvait pas être équilatéral, ni même isocèle, mais un triangle tout de même. La directrice de cabinet avait la haute main sur les sujets de défense, Stan sur la politique, et tant qu'ils s'entendraient, tout irait bien.

Dès le premier jour, Stan se fixa *in petto* quelques principes simples : toujours se coordonner avec Mathilde, ne jamais court-circuiter un conseiller, ne jamais abuser de sa proximité pour faire inverser une décision longuement mûrie, faire circuler l'information privilégiée dont il bénéficiait au lieu de la retenir, et, donc, vivre porte ouverte, dans un lieu où les cloisons étaient épaisses et les portes capitonnées. Au fil des jours, les conseillers avaient pris l'habitude de passer une tête, de venir discuter ou échanger, au point que le bureau de Stan était baptisé « le confessionnal ». Stan y organisait un apéro tous les jeudis soir qui contribuait à souder les troupes.

Lorsqu'il avait besoin de silence ou d'intimité, ce qui arrivait fréquemment, il aurait pu fermer la porte. Au lieu de cela, c'est lui qui quittait son bureau, pour bien montrer que cet endroit trop grand pour lui appartenait à tout le monde, et se réfugiait au premier étage.

Dès le premier jour au ministère, Hugo et lui avaient perçu, physiquement, le poids de l'État. Le prestige et la dignité de l'uniforme, bien sûr, la puissance de l'Histoire, dans ses moments glorieux ou médiocres, l'infini respect dû à celles et ceux qui mettent leur vie en jeu, les conséquences des décisions prises en ces murs, autrement plus lourdes qu'une phrase de travers prononcée au sortir d'un Conseil des ministres, le poids des secrets, aussi, et la relation privilégiée avec l'Élysée, au cœur du pouvoir régalien.

Au porte-parolat, Hugo et Stan maniaient des mots, ici ils maniaient des armes, y compris celles qu'on n'utilise pas.

Dès l'entrée dans le bâtiment, une plaque, apposée entre les drapeaux européen et français, remettait les choses au niveau où elles devaient être :

Cet hôtel fut celui de Georges Clemenceau
Président du Conseil des Ministres
Ministre de la Guerre
16 novembre 1917 – 18 janvier 1920
et du Général de Gaulle
Président du Gouvernement provisoire
24 août 1944 – 26 janvier 1946

Tout ceci était palpable dès la passation des pouvoirs : à ce moment-là, Stan avait compris pourquoi la première préoccupation d'Hugo avait été de se faire montrer, par son aide de camp, dans le secret de son bureau, la bonne manière de passer les troupes en revue, démarche et gestes à l'appui. Il savait à quel point les « milis » y étaient, à bon droit, attachés, et que nombre de ses prédécesseurs avaient, d'emblée, perdu leur respect faute d'avoir défilé correctement. Hugo consacra aussi des heures à apprendre ou réapprendre ses grades pour montrer aux militaires qu'il s'adressait à eux sans impair, sans se tromper d'arme ni de grade, d'un simple coup d'œil discret sur l'épaulette. Hugo avait toujours dans la poche intérieure de sa veste un petit livret qu'il révisait sans relâche, et Stan ne l'avait jamais vu se tromper.

À ces détails, et à d'autres, Stan vit Hugo faire sa mue, et il comprit enfin ce qu'Hugo voulait dire lorsqu'il parlait de changer de dimension. De porte-parole, souvent réduit par les circonstances au rôle de roquet ou de perroquet, il se transfigurait en homme d'État, loin des polémiques politiciennes du jour.

De son côté, Stan découvrit ce qui faisait le sel de ce ministère : les téléphones cryptés, aussi indispensables qu'insupportablement lents (on lui avait ri au nez, le premier jour, lorsqu'il avait demandé les codes Wifi), le « Balardgone », ville dans la ville au bord du périphérique, qui était destiné à accueillir tout le monde, mais où tout le monde se battait pour ne pas aller, à commencer par le ministre et ses proches collaborateurs, attachés à l'Hôtel de Brienne comme des moules à leur rocher, la procédure d'habilitation pour l'accès aux documents confidentiels (*Diffusion restreinte, Secret, Très secret*), que Stan avait franchie sans encombre (un long questionnaire sur l'honneur, puis, quelques jours plus tard, la décision favorable), les procédures d'archivage et de destruction de documents, les centaines d'acronymes et, comme partout mais sans doute ici plus qu'ailleurs, les codes, les usages, les choses qui se disent, les choses qui ne se disent pas, les regards, les silences, les acquiescements disciplinés qui valent désapprobation, les ordres approuvés mais qui ne seront jamais suivis d'effet, la paperasse, la jargonite aiguë, les rivalités entre les personnes et entre les armes, les querelles doctrinales.

Et au-dessus de tout ça, et c'était bien là la grande différence avec n'importe quel autre ministère, la mort qui rôde, et qui, lorsqu'on serait tenté de l'oublier, se rappelle au bon souvenir de tout le monde au gré d'un accident en manœuvre ou d'une opération qui tourne mal.

Il découvrit, aussi, à de multiples détails, qu'aux yeux des « milis », Hugo et, *a fortiori*, lui, n'étaient que des civils de passage, qui certes méritaient le respect, qui certes étaient, temporairement, habilités à connaître des petits et des grands secrets, mais qui jamais ne disposeraient du même niveau d'information que ceux qui étaient là depuis et pour toujours.

Stan, qui, sans être antimilitariste, n'était pas spontanément « fana mili », apprit à apprécier tout cela, au fil de ses contacts, au fil des récits, la sobriété des soldats qui ne racontaient leurs exploits que lorsqu'on les y invitait, et sans manquer de rappeler à quel point ce n'était que leur devoir, la dignité de tous lorsque survenait un drame, l'intime conscience de la responsabilité qui s'exerçait ici.

Alors, après quelques mois à Brienne, à l'approche de Noël, Stan se surprit à penser qu'il était heureux, à sa place, qu'il occupait les fonctions qui lui convenaient, aux côtés de son ami de toujours, qu'il travaillait de manière harmonieuse avec Mathilde, avec le cabinet militaire et avec les conseillers techniques, dans un ministère passionnant, et que tout irait bien tant que l'expérience se prolongerait. Lui s'en contentait, alors qu'Hugo voyait déjà le coup d'après : toute la différence entre eux semblait se résumer à cette phrase. C'est sans doute pour cela que les ennuis commencèrent, comme si quelqu'un ou quelque chose le punissait d'avoir eu l'illusion fugace du bonheur, lui dont ce n'était pas la prédisposition naturelle.

Avec le recul, les ennuis avaient sans doute commencé un soir, environ six mois après leur arrivée au ministère, lorsque Hugo passa une tête dans le bureau de Stan pour lui faire une proposition anodine.

— Le nouvel ambassadeur de Russie m'a demandé une audience de courtoisie, on le voit ensemble ?

— J'ai vu dans l'agenda, oui. Tu ne préfères pas le voir avec Brousse ?

Il semblait normal à Stan de laisser la priorité au conseiller diplomatique pour les rendez-vous de ce genre. Hugo balaya la suggestion d'un geste de la main.

— Brousse est en déplacement. Tu peux accueillir l'ambassadeur ? J'arrive dans cinq minutes.

Stan ajusta sa cravate et rejoignit l'antichambre. L'ambassadeur était accompagné d'Anatoli.

— Excellence, bienvenue en France !

— Je vous remercie, monsieur le conseiller, répondit l'ambassadeur dans un français parfait. J'ai beaucoup entendu parler de vous, ajouta-t-il en serrant fortement la main de Stan, mais avec un grand sourire.

— J'ai eu l'occasion de rappeler à son Excellence que le ministre et vous-même étiez, depuis longtemps, des amis de la Russie, précisa Anatoli.

— À juste titre ! intervint Hugo en sortant de son bureau pour accueillir son hôte.

L'échange fut limité à un échange de politesses, pour faire connaissance, avec quelques piques à fleurets mouchetés.

— Où avez-vous aussi bien appris notre langue ? demanda par exemple Hugo pour alimenter la conversation.

— Oh je sais depuis trois ans que je vais être nommé ici, et j'ai consacré ce temps à apprendre le français et m'informer sur votre pays. Il ne nous viendrait pas à l'idée de nommer ici un non-francophone, répondit l'ambassadeur, qui savait bien que, de son côté, le nouvel ambassadeur de France en Russie peinait à apprendre le russe.

Hugo sourit. Que pouvait-il faire d'autre ?

À la fin de l'entretien, Hugo se tourna vers Stan et Anatoli.

— Pouvez-vous nous laisser seuls quelques minutes ?

Stan s'exécuta, sans montrer sa surprise, et patienta avec Anatoli dans l'antichambre.

— Je suis ravi de savoir que nous avons un interlocuteur privilégié à Brienne, commença Anatoli. La communication avec vos prédécesseurs était un peu… difficile. Et même si nous avons des désaccords, il vaut toujours mieux se parler, n'est-ce pas ?

— Bien sûr, c'est tout à fait l'état d'esprit du ministre.

— Merci de dire ça, mais je parlais surtout de vous.

— De moi ?

Le Russe s'apprêtait à répondre lorsque Hugo et l'ambassadeur sortirent du bureau. Le photographe du ministère attendait devant la porte capitonnée pour immortaliser l'instant, puis Hugo raccompagna l'ambassadeur sur le perron.

En regardant les deux Russes s'éloigner, Stan ne put se départir d'une désagréable impression, qu'il mit sur le compte de sa paranoïa habituelle.

— Sympathique, cet ambassadeur, dit Hugo.

— Oui. Attendons le premier conflit, pour voir s'il est toujours sympa… Qu'est-ce que tu lui as dit en aparté ?

— Oh rien de spécial, les Russes adorent les messes basses, je lui ai donné mon portable, je voulais qu'il se sente important. On va dîner ?

— Pizza ?

— Pizza.

Je suis ravi de savoir que nous avons un mécanicien [illegible]. La communication avec [illegible] étant un peu difficile. Et même si nous avons des [illegible], il vaut toujours mieux se parer [illegible].

— [illegible], c'est tout [illegible] du [illegible].

— Mais [illegible] parfois surtout de [illegible].

[illegible]

Le [illegible] lorsque [illegible] comment [illegible] photographe [illegible] attendant devant le poste [illegible] pour [illegible] sur le perron.

En [illegible] les deux [illegible] qu'il [illegible] de compte [illegible] habituelle.

— [illegible] Hugo.

— Oui. [illegible] le premier [illegible] pour voir [illegible] ce que la [illegible] dit [illegible]

— Oh [illegible] les Russes adorent les [illegible] ont [illegible] Sans [illegible]. On va [illegible]

[illegible]

À travers la porte-fenêtre de son bureau, Stan sentait l'air frais s'insinuer : au XVIIIe siècle, l'isolation thermique n'était pas au cœur des préoccupations des architectes. En ce début février, Paris s'était laissé surprendre par une chute de neige qui avait fondu sur les routes, emboué les trottoirs et blanchi les jardins.

Au petit matin, dans le jardin du ministère paré de blanc, personne n'avait encore osé souiller la couche de poudreuse avec des traces de pas.

La rêverie de Stan fut interrompue par son assistant.

— M. Belov, conseiller à l'ambassade de Russie, souhaite vous voir quinze minutes. Il dit que c'est urgent mais qu'il n'en a pas pour longtemps.

— Bon. Dites-lui de passer après le déjeuner.

Stan tiqua. D'habitude, il échangeait avec Anatoli de portable à portable. Pourquoi le Russe passait-il cette fois par son secrétariat ?

— Ah, monsieur Perret, merci de me recevoir si vite, commença le petit Russe, toujours aussi affable. Il fait beau, pensez-vous que nous pourrions aller marcher dans le parc ?

— Allons-y, mais nous aurons vite fait le tour !

— Dans ce cas, nous en ferons plusieurs !

— Très bien ! répondit Stan, qui prit instinctivement son écharpe, ses lunettes et son portable.

— Je vous propose de laisser nos téléphones quelques instants.

Stan croisa brièvement son regard, et obtempéra.

Le bureau de Stan donnait sur le petit parc, ou le grand jardin selon l'idée qu'on s'en faisait, où avait lieu chaque année une garden-party, la veille du 14 juillet. À l'autre extrémité, il donnait sur la rue de l'Université : il était à la fois grand pour le quartier et petit pour un ministère aussi prestigieux. Traditionnellement, le président s'y déplaçait pour s'adresser aux forces armées. Stan ouvrit la porte-fenêtre et ils descendirent les quelques marches verglacées. Le gros gravier crissa sous leurs pas, puis, très vite, le bruit satisfaisant de la neige les ramena un instant en enfance.

— J'aime beaucoup ce jardin, commença Anatoli. J'étais heureux de le découvrir le 13 juillet, merci de m'avoir invité.

— C'est reposant, oui. Vous avez vu cet arbre ?

— Ce platane ?

— Il date de 1717, il est plus vieux que le bâtiment lui-même, autant vous dire que s'il pouvait parler, il aurait des choses à dire.

— 1717 ? C'est justement l'année de la visite mémorable de Pierre le Grand en France. Si ça se trouve, c'est lui qui l'a planté, ce serait ironique, n'est-ce pas ?

Ils marchèrent quelques secondes en silence. Stan attendait qu'il en vienne au fait, mais ne voulait pas lui poser de questions.

— On me dit qu'il y a une Siemj la semaine prochaine, commença Belov.

— Une quoi ?

— Vous m'inquiétez, monsieur Perret. Une commission interministérielle pour l'étude des exportations de matériels de guerre, ce qui donne l'acronyme CIEEMG, si mon français est exact.

— Pardon, je sais ce qu'est une CIEEMG, je ne m'attendais simplement pas à cet acronyme dans votre bouche.

Belov sourit.

— Nous connaissons bien votre pays, monsieur Perret.

En réalité, Stan n'avait qu'une vague idée de ce qu'était une CIEEMG, ce dont il n'y avait pas lieu d'être fier. Il savait que s'y décidait vers quel pays, et dans quelles conditions, des armes françaises, et si oui lesquelles, pouvaient, ou non, être vendues, en fonction de considérations militaires bien sûr, mais aussi diplomatiques et économiques.

Ces réunions étaient hautement confidentielles et le sujet hautement sensible. Au dernier moment, un détail lui revint qui, avec un peu de chance, pourrait donner l'impression au Russe qu'il connaissait son sujet.

— Je n'assiste jamais à ces réunions. C'est le conseiller diplomatique qui représente le ministre.

— Oui, je sais cela aussi. D'ailleurs, le conseiller diplomatique assiste généralement aussi aux rendez-vous avec les ambassadeurs des pays étrangers. Et pourtant, c'est vous qui étiez là l'autre jour, aux côtés du ministre.

— C'était exceptionnel, je…

Anatoli lui fit signe de s'interrompre.

— Vous n'avez pas à expliquer cela à un diplomate étranger, monsieur Perret, c'est à nous d'essayer de comprendre les rapports de force au sein des cabinets ministériels. Et je suis bien placé pour connaître les liens privilégiés, de toute nature, que vous entretenez avec le ministre.

Stan haussa les épaules.

— L'ordre du jour de la réunion de la semaine prochaine comporte un point qui nous préoccupe beaucoup, poursuivit Belov. L'Ukraine.

Stan, estomaqué que les Russes aient eu accès à l'ordre du jour, mit un point d'honneur à ne rien montrer de son effarement.

— Vous connaissez la sensibilité de cette question, reprit le Russe. Livrer des armes à l'Ukraine, même défensives, c'est, d'une certaine manière, un acte d'agression vis-à-vis de la Russie. Évidemment, la décision qui sera prise aura des conséquences importantes sur nos relations bilatérales.

— Je n'ai aucune prise sur les décisions de la commission, crut devoir préciser Stan.

Belov sourit.

— Vous êtes trop modeste ! J'aimerais simplement que vous puissiez me dire ce qui aura été décidé avec quelques heures d'avance. Je vous rassure, c'est une information que nous aurons de toute façon, mais en l'occurrence, elle est importante pour nous, et le timing l'est également.

— Mais… je ne peux pas faire ça…

— Vous vous souvenez de Yalta, monsieur Perret ?

— Yalta ?

— Oui, je ne parle pas de la conférence, je parle de votre voyage, et de votre baignade dans la mer Noire. Vous ne sembliez pas particulièrement inquiet, comme quoi la Crimée a des bons côtés...

— Mes baignades n'ont pas grand-chose à voir avec tout ça…

— Vous avez bien de la chance de pouvoir ainsi séparer votre vie privée de votre vie professionnelle. Moi, je n'y arrive pas. C'est sans doute pour cela que je suis resté vieux garçon, malgré mon physique avantageux.

Stan ne savait pas s'il devait sourire.

— C'est un petit service que je vous demande, conclut Belov, important pour moi, et anodin pour vous.

— Je ne comprends toujours pas de quoi vous me parlez. Je ne peux pas vous donner une information de cette nature, avant qu'elle ne soit rendue publique, si elle l'est !

— Vous devriez réfléchir.

— C'est tout réfléchi.

— *Spat' na etom*, comme on dit chez moi.

— C'est-à-dire ?

— « Dormez là-dessus », monsieur Perret. Je crois qu'en français on dit que la nuit porte conseil, c'est bien ça ?

Stan le regarda sans comprendre.

— Je vous raccompagne.

— Prenez ceci, si vous changez d'avis.

Anatoli lui tendit un téléphone portable, un modèle jaune, ancien et bon marché.

— J'ai déjà un téléphone.

— Non, non, c'est un téléphone prépayé, pour que nous puissions communiquer plus facilement, et en toute discrétion.

— Ça ne me semble pas nécessaire.

— Vous devriez le garder.

— Je dois vous laisser, conclut Stan, de plus en plus froid.

Il raccompagna Belov jusqu'au perron, et s'assura qu'il soit sorti du bâtiment avant de regagner son bureau. Incrédule, il était secoué par ce qui venait de se passer. Pourquoi les Russes avaient-ils besoin de cette information ? Pourquoi la voulaient-ils avec quelques heures d'avance ?

Pourquoi Belov pensait-il que Stan était prêt à la lui communiquer, alors que de toute évidence elle était confidentielle, et couverte par le secret-défense ? Pourquoi ne pas lui demander carrément d'influencer la décision ? S'agissait-il d'un test ? Et que signifiait cette dernière phrase, sous forme de menace : « vous devriez réfléchir » ?

Stan s'assit à son bureau et s'aperçut avec effroi que Belov y avait déposé le vieux portable jaune avant de partir. Stan le prit en main, en se demandant ce qu'il devait en faire. Un conseiller entra, l'interrompant dans son hésitation. Précipitamment, il plaça le téléphone dans le grand tiroir de son bureau.

Ce soir-là, Stan savait que cet incident perturberait son sommeil, non pas en l'empêchant de s'endormir, mais en le réveillant en pleine nuit.

La nuit porte conseil. Certes. Encore fallait-il qu'il y ait nuit. Stan se réveilla à 2 h 08, et tenta, en vain, de se rendormir. Il se leva et alluma machinalement la télé, en coupant le son pour ne pas risquer de réveiller Claire. Il tomba sur un match de basket américain qui avait pour principal mérite de ne pas le laisser seul dans le noir, mais les Celtics, son équipe préférée, semblaient avoir décidé de ne jamais programmer de match pendant ses nuits d'insomnie. Il lui arrivait souvent de se rendormir sur le canapé. Machinalement, il consulta son smartphone et ses mails privés.

Stan s'apprêtait à ranger dans les messages indésirables un mail d'une adresse inconnue, quand il vit dans l'objet un bout de phrase en caractères cyrilliques : спать на этом.

Il fronça les sourcils et copia la formule dans la fonction de traduction de son moteur de recherche.

Il frissonna en voyant s'afficher la transcription en caractères latins, puis la traduction en français.

Spat' na etom.

« Dormez là-dessus. »

Le contenu du mail se résumait à une vidéo en pièce jointe, que la raison lui commandait de ne pas regarder. Mais à 2 heures du matin, dans le noir, juste après un premier sommeil interrompu, la raison ne prime pas souvent.

Alors, Stan cliqua.

Seul sur le canapé, indifférent au match qui suivait son cours, il se prit la tête entre les mains.

Plusieurs années auparavant, un jour où il marchait seul sur une grande plage de Normandie, sans bien savoir comment cette pensée lui était venue, Stan s'était livré à un calcul sommaire, qui depuis l'obsédait : une vie d'homme, disons quatre-vingts ans, représente environ 30 000 jours. Si on convient que durant les quinze premières années, d'autres prennent les décisions pour vous, et que durant les quinze dernières, il n'y a plus guère de décisions à prendre, puisque les grands choix de vie ont été faits, il restait environ cinquante années, environ 20 000 journées, au cours desquelles on peut, selon ses moyens, selon les circonstances, selon son énergie, orienter le cours de sa vie, ce qui, formulé ainsi, est redoutablement peu. Depuis, Stan se demandait chaque matin comment faire de la journée qui commençait sinon une journée décisive, du moins une journée utile.

D'évidence, parmi ces 20 000 journées, sans qu'on le réalise nécessairement sur le moment, certaines comptent bien davantage que d'autres, soit du fait d'une décision à prendre, soit du fait d'un événement extérieur qui bouleverse, positivement ou négativement, le cours naturel des choses.

D'évidence également, le jour où Stan s'était assis à côté d'Hugo le premier jour en classe de 6e 2 au collège Debussy en faisait partie, et bien d'autres depuis.

Cette nuit-là, en regardant le café couler, Stan sut dans l'instant que la journée qui commençait modifierait le cours de sa vie pour toujours, sa vie personnelle, sa vie professionnelle, sa vie politique. Il savait qu'il aurait, dans les heures et jours qui suivraient, des décisions cruciales à prendre.

Quelques minutes auparavant, il avait ouvert le lien contenu dans le mail, et le premier moment d'effarement passé, il s'était aussitôt souvenu de sa théorie des 20 000 jours.

La vidéo était horodatée, il s'agissait de la dernière nuit de leur séjour russe, quinze ans auparavant. Sans son, l'image était de mauvaise qualité, mais Stan avait reconnu d'emblée la grande chambre de l'hôtel Metropol, et surtout, il s'était reconnu, et il n'était pas seul. Il était avec deux jeunes femmes, qui ne semblaient embarrassées ni par leurs vêtements ni par leurs inhibitions. On distinguait mal le visage de Stan, mais on voyait bien le gros pansement sur son arcade sourcilière, stigmate de sa blessure du jour, et il semblait clair qu'en l'occurrence, l'essentiel n'était pas le visage.

Tétanisé, il avait aussitôt interrompu la vidéo. Elle durait cinq minutes, mais Stan n'avait pas été capable de la regarder jusqu'au bout.

Il s'était levé du canapé pour se préparer un fort et grand café, signal indubitable que la nuit était terminée et que la journée avait commencé.

L'écran de la télé, qui changeait de ton au rythme du changement de caméra, éclairait seul la pièce en balançant des éclairs. Stan le regardait sans le regarder, enviant les joueurs, et les spectateurs, insouciants. Leur vie, à eux, continuait comme avant, cette journée ne serait pas particulièrement marquante, elle serait un peu meilleure si leur équipe gagnait le match, jusqu'au suivant, voilà tout, et aucun gros souci ne s'ajouterait ce jour-là aux petits tracas du quotidien. Naïvement, Stan espérait encore se réveiller en sursaut et rire de son cauchemar.

Les conséquences potentielles de cette vidéo, pour son couple, pour son amitié avec Hugo, pour son travail, pour son action politique, étaient multiples, graves, et, au cœur de la nuit, Stan peinait encore à les mesurer. Pour l'heure, à tort ou à raison, ce n'était pas ce qui le troublait le plus. C'était l'absence totale de souvenirs de ces moments.

Après sa soirée, la bagarre dans le bar, sa blessure, leur brève détention, leur dîner sympa, la migraine et le contrecoup soudain, il avait annoncé qu'il rentrait se coucher et il avait quitté le groupe devant le restaurant. Pour tout cela, les images étaient claires. Ensuite, c'était plus flou. Il se souvenait de son réveil difficile, avec un abominable mal de crâne, auquel il n'avait guère prêté attention. Sans rien remarquer d'anormal (mais était-il en état de remarquer quoi que ce soit ?), il avait commandé un thermos de café fort et avait péniblement terminé ses bagages avant de rejoindre le groupe dans le hall de l'hôtel pour partir vers l'aéroport. Hugo avait fait son apparition, les cheveux en bataille, avec ses lunettes noires, visiblement après un réveil difficile lui aussi. Sans un mot, il s'était aussitôt endormi dans le bus avant même qu'il ne démarre. Stan avait souri en voyant son pote dans un plus triste état encore que lui. Il se souvenait d'avoir dû le secouer à l'arrivée à l'aéroport, le temps d'accomplir les formalités à la douane, puis ils avaient dormi tout au long du vol vers Paris.

De cela, Stan se souvenait très bien. Mais ce qui s'était passé entre le moment où il avait quitté le groupe et son réveil douloureux, rien, un trou noir. Ce n'était pas la première fois qu'il avait des trous de mémoire après une soirée arrosée, et avant de recevoir cette vidéo, il ne s'en était jamais étonné.

Entre les deux, inévitablement, il était rentré à l'hôtel, avait pris l'ascenseur, rejoint sa chambre et s'était endormi sur son lit, mais aucune image, aucun souvenir ne venait confirmer cela.

Il n'était pas compliqué de deviner l'origine de la vidéo, reçue la nuit suivant l'avertissement d'Anatoli. Il était plus complexe d'en mesurer les conséquences. Pourtant, au lever du jour, il faudrait prendre les bonnes décisions, ou les moins mauvaises.

À présent bien réveillé, Stan comprit que cette vidéo était une menace, une épée de Damoclès suspendue au-dessus de sa tête, pour longtemps, pour toujours. Et si on la lui avait envoyée à lui, on pouvait l'envoyer à quelqu'un d'autre. À Claire. À Hugo. À toute la presse. À la terre entière. Si ce n'était pas déjà le cas, car après tout rien n'indiquait que la vidéo n'avait pas été d'ores et déjà largement diffusée.

Mais, à ce stade, ce n'était qu'un avertissement. Anatoli lui demande un service, il refuse, Anatoli lui conseille d'y réfléchir, puis lui envoie la vidéo : autrement dit, il laisse encore une chance à Stan de répondre à sa demande. S'il laissait penser à Anatoli qu'il allait coopérer, il se protégeait, temporairement, contre cet aléa. Si la vidéo était diffusée, le Russe perdait tout moyen de pression sur lui.

Il devait raisonner à la fois en tant qu'ami de toujours, en tant que beau-frère, en tant que mari, en tant que collaborateur du ministre, en tant que personnalité habilitée au secret-défense, en tant qu'acteur de la vie politique, aussi, et dans chacun de ces rôles, la réaction appropriée et le timing approprié pouvaient être bien différents.

Tant qu'il faisait nuit, il resterait seul avec ses questions, et le choix de la première personne à qui il en parlerait au lever du jour, et en quels termes, revêtait une importance qu'il devinait primordiale.

À Claire, qui dormait paisiblement dans la chambre ? À Hugo, concerné à plus d'un titre, si ce n'est à tous ? À quelqu'un d'autre qui pourrait l'aider ? Mathilde, par exemple, qui semblait toujours trouver des solutions ?

Très vite, Stan élimina cette hypothèse.

L'ami devait évidemment tout raconter à Hugo, et tout de suite : le pacte qu'ils avaient conclu se concevait dans les deux sens.

Le collaborateur aussi devait tout raconter sans attendre.

Mais il y avait aussi le beau-frère, et en l'occurrence, il était difficile de passer outre. Avouer à Hugo ce qui s'était passé, c'était admettre qu'il avait trahi la confiance de sa sœur. Il pouvait toujours plaider la manipulation et l'ignorance, les images étaient puissantes.

Quant à savoir ce que devait faire le mari, c'était encore une autre affaire, et Stan aurait aimé pouvoir y réfléchir sans interférence des liens du sang entre son patron et sa femme. Mais il y avait tellement de choses qu'il aurait voulu différentes en ce petit matin glauque.

Il y avait une solution, risquée mais simple, à la hauteur de ce qu'il était ou voulait être : miser sur la confiance, tout avouer à Claire, tout avouer à Hugo, tenter de supprimer les effets néfastes de la vidéo, au moins auprès d'eux, et espérer que les liens si forts construits depuis plus de vingt ans ne s'effaceraient pas aussi rapidement. S'il faisait ça, il risquait sans doute que la vidéo soit diffusée auprès de tous les journalistes, et donc de perdre son job, mais au moins gardait-il une chance de conserver sa femme et son ami, ce qui était bien plus important.

Il connaissait Hugo mieux que personne, mais cette fois, il était incapable de prédire sa réaction. Pourquoi prendrait-il son parti, à lui, contre sa propre sœur ? La situation était inédite, et au sein de leur carré magique, aucun ne s'était jamais trouvé en situation de devoir privilégier l'un ou l'une au détriment de l'autre. C'était le pacte tacite qu'ils avaient conclu, et Stan était en train de le briser.

S'il cédait au chantage, dans l'espoir, d'ailleurs bien incertain, de préserver son amitié et son couple, il commettait une infraction pénale : le bien nommé délit de compromission, compromission de documents couverts par le secret-défense.

De toute façon, il était bien illusoire de penser que cette vidéo ne parvienne pas, un beau matin, à des destinataires non souhaités.

Sa montre indiquait 5 h 13. Le match était terminé depuis longtemps. Stan prit son téléphone et rédigea un SMS.

« Il faut que je te parle. TTU. »

À la surprise de Stan, qui savait que son ami n'était pas précisément du matin, Hugo l'appela dans la seconde.

Stan refusa l'appel, et choisit de répondre par écrit.

« Non, pas au téléphone. »

« Alors il va falloir attendre, puisque je suis en route vers Villacoublay pour partir au Brésil, au cas où ça t'aurait échappé. »

Bon sang. Stan avait oublié ce voyage officiel. Pas question de passer par le transmetteur, qui accompagnait le ministre dans ses déplacements pour lui assurer un lien constant, et sécurisé, avec Paris. Cette conversation ne pouvait avoir lieu qu'en tête à tête. Il faudrait attendre le retour d'Hugo, ce qui, d'une certaine manière, lui laissait un peu de temps pour réfléchir. Mais à présent qu'il avait décidé, il aurait aimé pouvoir se libérer sans tarder de son lourd secret.

« Ok, on en parle à ton retour. »

À 5 h 42, Stan se doucha, s'habilla, et laissa un mot à Claire expliquant qu'il avait dû partir bosser plus tôt. Il avait décidé d'en parler à Hugo avant, et il n'était pas certain de vouloir, ou de pouvoir, affronter le regard de Claire ce matin-là.

Le soldat de faction à l'Hôtel de Brienne, qui en avait vu d'autres, resta impassible en voyant Stan arriver au ministère à une heure aussi matinale.

Dans l'armée on ne fait rien mais on le fait tôt, en politique on ne fait rien mais on le fait tard ! avait coutume de plaisanter Stan. Mais ce matin-là, il n'était pas d'humeur.

Nous étions vendredi, Hugo devait rentrer du Brésil dans la nuit de dimanche à lundi, et la réunion de la commission avait lieu le mardi suivant. Attendre le retour d'Hugo signifiait donc passer le week-end sans en parler à quiconque. Et s'exposer, aussi, à ce que Belov s'impatiente d'ici là.

Il ouvrit le tiroir et regarda le téléphone prépayé qui symbolisait ses tourments du jour. Devait-il contacter le Russe ? Mais pour lui dire quoi ? Pour lui dire qu'il ne se souvenait de rien ? Pour s'énerver ? Ce serait rajouter le ridicule à l'humiliation. Pour le faire patienter ? Cela aurait voulu dire que Stan comptait lui fournir l'information, plus tard, ce qui n'était pas au programme.

Stan referma le tiroir.

Il ne pourrait pas parler à Hugo avant le lundi matin, et il ne savait pas si Belov attendrait jusque-là.

Le meilleur usage qu'il pouvait faire de la journée, c'était de rassembler l'information, et de décider ensuite ce qu'il pourrait ou devrait en faire. Ce faisant, il était conscient de mettre le doigt dans un engrenage qui n'avait rien de bon, mais il était obligé, pour l'instant, de raisonner heure par heure.

Depuis son arrivée au ministère, à tort ou à raison, il ne s'était jamais particulièrement intéressé aux exportations d'armes. Il avait bien perçu la sensibilité du sujet, que Mathilde suivait de près avec la direction générale de l'armement et le pôle diplomatique, mais lui n'était pas là pour ça. Tout le monde serait donc surpris qu'il s'y intéresse tout à coup. Il devait jouer serré, mais ce n'était pas une sinécure : toute sa vie, il s'était joyeusement fait plumer au poker et il ne connaissait des techniques d'espionnage que ce qu'il en avait lu dans les romans.

Sur son ordinateur personnel, il ouvrit une session privée, comme si c'était une garantie de confidentialité, et commença par rassembler les données publiques sur les CIEEMG, celles que n'importe qui pouvait trouver en ligne.

Cette commission, présidée par le Secrétaire général de la défense et de la sécurité nationale (SGDSN), donnait un avis sur l'opportunité des exportations de telles ou telles armes vers tel ou tel pays. S'y mêlaient bien sûr des considérations militaires, mais aussi diplomatiques et économiques, d'où la voix délibérative des trois ministères concernés

– la Défense, les Affaires étrangères, l'Économie – et la voix consultative de l'Intérieur, de la Recherche, des services de renseignement, du cabinet du Premier ministre et de l'état-major particulier du président. Les dates, et *a fortiori* le contenu des réunions de cette commission étaient strictement confidentiels, classés *Très secret*. Fort de cet avis, le SGDSN délivrait, ou non, l'autorisation d'export, par délégation du Premier ministre, en suivant, ou non, mais le plus souvent oui, l'avis de la CIEEMG.

La CIEEMG se réunissait tous les mois, et la prochaine réunion était donc prévue pour le mardi suivant.

Traversé par un vague souvenir, comme une image qui revient soudain alors qu'on n'y a prêté aucune attention jusqu'alors, Stan balaya l'agenda d'Hugo et finit par trouver ce qu'il cherchait, pour le matin du lundi suivant, la veille de la commission :

9 h 15 – M. Brousse, M. Lavenue,
Préparatoire CIEEMG
(Bureau du Ministre)

Le conseiller diplomatique et son adjoint, qui y représenteraient le ministère et le ministre, venaient présenter l'ordre du jour à Hugo et prendre leurs instructions avant la commission du lendemain.

C'est à ce moment-là que se dessinerait la position du ministère, qui, selon Anatoli, ferait pencher la balance.

Stan saisit ses écouteurs et sortit de son bureau. Il tomba nez à nez avec les portraits de tous les ministres de la Défense, ou des Armées, ou de la Guerre, depuis 1870, avec une mystérieuse ellipse entre 1940 et 1943, entre Weygand et Giraud. Puis, signe que l'heure était grave, il monta le grand escalier pour aller s'asseoir devant le bureau du Général.

« Au ministère de la Guerre, l'aspect des choses demeure immuable. »

Le Général avait raison. Même en temps de paix, les traîtres à la patrie n'ont jamais vraiment disparu.

Après tout, Anatoli ne lui demandait que la primeur d'une information, quelques heures d'avance sur une info qu'ils auraient de toute façon, pas autre chose. Et il s'agissait d'une commission consultative, qui ne faisait que donner un avis. Mais évidemment, la question n'était pas là. S'il acceptait de répondre à cette première demande, rien n'empêcherait les Russes de lui en formuler d'autres, de plus en plus sensibles, de plus en plus confidentielles, et la vidéo, elle, serait toujours là. Il mettait le doigt dans un engrenage sans fin.

Il devait en savoir plus, sans alerter âme qui vive.

Quel prétexte trouver pour aborder le sujet avec Brousse ou Lavenue, les diplomates en charge ? Brousse était au Brésil avec Hugo. Stan se leva, descendit l'escalier et marcha jusqu'au bureau de Lavenue.

— Thomas, je vois qu'il y a une prépa CIEEMG lundi matin.

— Oui.

— Je vais peut-être devoir bouger l'agenda, mentit Stan. C'est un problème ?

— C'est-à-dire que la CIEEMG a lieu mardi et Vincent a besoin de ses instructions.

— Ah je vois. Il y a quelque chose de particulier à l'ordre du jour ?

Le conseiller regarda Stan dans les yeux. Il connaissait la légitimité de Stan à s'occuper de tout, mais c'était la première fois qu'il s'intéressait au sujet.

— Je ne sais pas, Vincent s'en occupe directement cette fois.

Stan, qui ne savait pas si le type lui disait la vérité, sentit qu'il ne devait pas poser trop de questions.

— Ah, je pensais que vous suiviez ça tous les deux.

Lavenue haussa les épaules.

— C'est Vincent qui décide s'il y va lui-même ou s'il m'envoie, je ne suis que son adjoint, après tout.

Stan décida de ne pas faire remarquer au diplomate qu'il était prévu, lui aussi, à la réunion préparatoire.

— Ok, je vais lui demander.

— Il peut peut-être briefer le ministre dans l'avion du retour, mais je ne sais pas s'il…

— Ne t'en fais pas, je vais m'arranger autrement.

Lavenue le regarda, et Stan crut voir dans ce regard de la défiance, à moins que ce ne soit que l'expression de sa propre paranoïa. Avant même de s'être compromis, il était déjà dans l'engrenage de la duplicité et du mensonge.

Il regagna son bureau et se demanda ce qu'il pouvait, ou devait, faire de plus aujourd'hui, mais il n'eut que quelques secondes pour se poser la question.

Un SMS de Claire.

« Tu rentres tard ? Il faut qu'on parle. »

Déjà, les événements semblaient se précipiter, déjà il en avait perdu la maîtrise.

Stan se demanderait longtemps ce qui se serait passé si Hugo n'avait pas été en déplacement ce jour-là.

Ce soir-là, Stan rentra plus tôt, sans savoir à quoi s'attendre. Il s'était préparé à affronter le pire : Claire qui aurait découvert la vidéo. Toute la journée, il s'était demandé quoi faire. Lui en parler d'abord ? Mais si c'était autre chose ? Une situation insoluble de plus, une partie de poker de plus dans une relation qui aurait dû n'en comporter aucune.

À son arrivée chez lui, Stan scruta Claire pour tenter, en vain, d'y déceler un indice de son état d'esprit. Son visage ne reflétait rien, mais il savait que les colères de Claire étaient froides. En une seconde, à l'instinct, il prit sa décision.

— Il faut que je te parle, moi aussi, commença-t-il.

— Moi d'abord, répliqua Claire d'un ton qui ne souffrait pas la contradiction. Assieds-toi.

Stan s'enfonça dans le canapé.

— Je crois… je crois que je suis enceinte.

Stan ouvrit des yeux comme des soucoupes.

— Mais…

— Je sais, on nous avait dit que c'était impossible, et d'ailleurs il est trop tôt pour se réjouir, mais…

Stan la serra dans ses bras, aussi fort qu'il put.

— Ce serait tellement merveilleux, murmura-t-il à son oreille.

— On n'en parle à personne, c'est trop tôt, même pas à…

— Bien sûr, bien sûr.

Ils relâchèrent leur étreinte.

— Qu'est-ce que tu voulais me dire ? demanda Claire.

— Quoi ?

— Tu m'as dit que tu voulais me parler.

— Oh, à côté de ça, rien d'important, juste pour te dire… Hugo part dans deux semaines pour un long périple en Asie et je comptais l'accompagner, mais…

— Vas-y, évidemment.

— Tu es sûre ?

— Hé ho, je ne suis pas en sucre !

Claire lui sourit, et Stan se força à l'imiter alors que dans sa tête, il pleuvait des larmes de rage. Il la prit à nouveau dans ses bras pour qu'elle ne voie pas davantage son visage.

Le week-end parut à Stan interminable. Il se devait d'afficher un sourire permanent, au diapason de la bonne nouvelle qui s'annonçait, et de montrer une belle foi en l'avenir, alors que dans sa tête, les nuages, toujours plus noirs, s'amoncelaient. Jamais il n'avait attendu le lundi avec autant d'impatience, et d'appréhension à la fois.

Il regardait Claire, qui lisait sur le canapé, une main posée sur son ventre comme pour conjurer le sort. Leur enfant qui grandissait un peu chaque heure, encore si fragile, à la merci d'un incident analogue à ceux qui, déjà, les avaient frappés. Stan s'assit à côté d'elle et sentit son parfum, un parfum aux nuances citronnées qui l'avait envoûté et qui l'envoûtait toujours. Stan pensait à Brassens : « *ils se voient déjà doucement, elle cousant, lui fumant, dans un bien-être sûr et choisissent les prénoms de leur premier bébé* », mais elle ne cousait pas, il ne fumait pas, il était bien trop tôt pour penser aux prénoms, et il maudissait la vie de salir ce moment magique.

Le dimanche, ils déjeunèrent avec Emma et Pauline. Stan joua avec sa filleule, qui, à 9 ans, découvrait les échecs. Il la regardait réfléchir, commettre toutes les erreurs possibles, tenter d'élaborer des combinaisons en négligeant les conséquences des réponses de Stan, et lui, tout occupé à l'observer, attendri, qui commettait des erreurs de débutant dont elle ne profitait pas, mais qui retardaient d'autant l'échéance inéluctable.

Pourrait-il lui donner, dans quelques mois, un petit cousin ou une petite cousine ? Que dirait-elle, que penserait-elle de lui, plus tard ?

Autour du poulet rôti, il regardait Claire, Emma et Pauline, son monde, son univers, tout ce qui semblait acquis et qui, tout à coup, était fragilisé dans ses fondements même : la confiance, la tranquille assurance de l'amitié solide, la sécurité du cocon familial, les enfants qui grandissent et ceux qui s'annoncent.

Dans cet univers, tout était lié, l'amour, l'amitié, le boulot, la politique, et tout était soudain menacé par la faute d'une nuit dont il ne se souvenait même pas.

Le croiraient-ils ? La confiance, accumulée depuis tant d'années, pèserait-elle face au poison du doute ? Hugo réagirait-il en ami, en patron, ou, pire, en frère d'une Claire trompée ? Quelles conséquences cela emporterait-il, quelles traces cela laisserait-il, pour une journée, pour une année, pour une vie ?

Au fil de la journée du dimanche, et plus encore dans la nuit, sa résolution faiblit. Le courage, qu'il aurait peut-être trouvé le vendredi matin sous le coup de l'émotion, s'étiolait à chaque seconde, et la grossesse de Claire changeait encore la donne.

Trop d'émotions d'un coup, trop de choses à perdre.

Enfin vint le lundi, et, au lever du jour, Stan ne savait toujours pas quoi faire. Il devrait, une fois de plus, s'en remettre à l'intuition du moment, et cette intuition, jusqu'alors, n'avait pas été sa meilleure conseillère.

Hugo arriva au ministère après un voyage intense et une nuit dans l'avion, mais il semblait frais comme un gardon. Comme chaque matin ou presque, Hugo et Stan prirent leur premier café ensemble pour balayer l'agenda de la journée ou pour parler d'autre chose.

En l'occurrence, Hugo lui raconta son voyage au Brésil, après quoi Stan lui rapporta les dernières rumeurs du microcosme politique parisien, certaines vraies, d'autres parfaitement fausses, mais tellement amusantes qu'on avait envie de les croire vraies. Puis ils évoquèrent la préparation de son interview du lendemain, dans la matinale de France Inter.

— Tu voulais me dire quoi ?

— Hein ?

— Quand tu voulais me parler en urgence, vendredi, à 5 heures du mat'.

Stan frissonna.

— Claire est enceinte, mais ne lui dis pas que je te l'ai dit, elle voulait attendre, ce n'est pas encore… sûr…

— Oh c'est génial !

Hugo se leva pour étreindre Stan.

— On n'en parle pas, ok ? précisa Stan.

— Bien sûr, bien sûr, approuva Hugo en lui tapant du poing sur l'épaule.

Après avoir frappé, l'appariteur fit son entrée avec un petit papier à la main, pour rappeler à Hugo que sa prochaine réunion l'attendait.

— Faites entrer, fit Hugo sans regarder le papier.

Brousse et Lavenue entrèrent. Stan resta dans le bureau, comme il le faisait parfois pour les réunions internes, et fit mine de se concentrer sur un dossier ouvert devant lui.

— Alors Vincent, tu es en *jet lag* ? demanda Hugo à Brousse qui l'avait accompagné au Brésil.

— Je n'ai pas votre faculté de récupération, Monsieur le Ministre, plaisanta le diplomate, faussement obséquieux, mais, dans le doute, obséquieux tout de même, pour que le ministre puisse réagir comme il l'entendait selon son degré de sensibilité à la flatterie.

— Bon alors, cette CIEEMG, qu'est-ce qu'on a ?

Brousse lança un regard interrogatif vers Stan, qui n'était généralement pas présent à ce genre de rendez-vous. Hugo, d'un signe de tête, lui fit signe de poursuivre.

— Voici l'ordre du jour et nos propositions pour chacun des points, dit Brousse en tendant une feuille à Hugo. Le sujet le plus compliqué est évidemment l'Ukraine.

Stan, apparemment concentré sur autre chose, ne perdait pas une miette de l'explication. Il aurait pu, d'emblée, décider de ne pas recueillir les informations qui lui étaient demandées, avant même de se demander s'il devait les transmettre. Ne pas savoir était le meilleur moyen de ne rien dire.

— Il s'agit uniquement d'armes défensives, et les Russes le savent très bien, continua Brousse.

— Oh mais si on leur vendait des parapluies ou des ventilateurs, les Russes nous chanteraient quand même Ramona ! intervint Hugo. Si je comprends bien, on a envie d'aider les Ukrainiens, mais on n'a pas envie de fâcher les Russes ?

— Ce sera difficile de satisfaire les deux. Des deux côtés, la pression est forte : les Russes font savoir qu'ils considéreraient ça comme une agression qui aurait des conséquences, les Ukrainiens jouent sur la corde sensible de l'OTAN. De notre côté, Bercy soutient, c'est un marché important, et le Quai est opposé.

— Chacun est dans son rôle, en somme. L'État, dans toute sa puissance, et dans toutes ses contradictions. Autrement dit, notre position est décisive. Qu'en pense l'Élysée ?

— C'est toute la question, évidemment. J'ai demandé au conseiller diplomatique du président, il m'a dit qu'il allait vous en parler.

— Le président ou le conseiller ?

— Le président.

— Bon. Je vous dirai d'ici demain. Sur le reste, je suis d'accord avec vos propositions.

Les diplomates prirent congé.

— Tu en penses quoi ? demanda Hugo.

Stan sursauta.

— De ? Pardon, j'étais sur autre chose.

— L'Ukraine.

— Écoute, franchement je n'y connais rien, donc je préfère ne pas te dire n'importe quoi.

— Si on arrête d'avoir un avis sur les sujets auxquels on ne connaît rien, comment veux-tu qu'on fasse de la politique ?

Stan se força à sourire, pendant qu'Hugo appelait sa secrétaire particulière.

— Dites au SP du PR que j'ai besoin de lui dire un mot avant ce soir.

Stan sortit du bureau en même temps que l'assistante.

— Vous pourrez me dire quand vous aurez pu organiser l'appel avec le PR ?

— Oui, vous souhaitez y assister ?

Stan hésita.

— Non, simplement savoir quand ils se sont parlé.

Stan se demanda comment recueillir l'information sans éveiller les soupçons. Il aurait pu poser la question à Hugo, bien sûr, et Hugo lui aurait sans doute répondu. Il aurait pu poser la question à Brousse, aussi, qui lui n'aurait pas eu d'autre choix que de lui répondre, mais la trace était trop visible.

En fin de matinée, la secrétaire particulière l'informa qu'Hugo était en ligne avec le président.

Stan imagina Hugo donner ses instructions à Brousse après son entretien avec le président, et

Brousse les retranscrire sur la feuille d'ordre du jour pour sa réunion du lendemain.

Comment la récupérer sans attirer l'attention ?

Le soir, Stan attendit que tout le monde soit parti, autant dire qu'il attendit tard.

Il sortit fureter près du bureau de Brousse, qui se situait également au rez-de-chaussée, dans l'autre aile. Le bureau était fermé, mais Stan vit de la lumière au secrétariat.

L'assistante de Brousse s'apprêtait à partir.

— Monsieur Perret ?

— Je passais voir si Vincent était là.

— Ah non, il vient de partir, je peux vous aider ? Il est joignable sur son portable.

Sur son bureau, Stan vit le dossier qu'elle avait préparé pour Brousse le lendemain, avec l'agenda du jour en couverture et, à l'intérieur, les dossiers correspondants. Il contenait le dossier de la CIEEMG.

L'assistante avait déjà mis son manteau et attendait la réponse de Stan.

— Je le verrai demain ! Merci et bonne soirée.

En feignant une maladresse, Stan fit s'envoler la pile de dossiers sur le bureau. L'assistante se précipita pour les ramasser et Stan se confondit en excuses. Il s'agenouilla pour l'aider.

— Ne vous embêtez pas, je vais le faire, monsieur Perret.

Pour la forme, Stan ramassa quelques papiers, et profita de l'inattention de l'assistante pour ouvrir le dossier qui l'intéressait. En quelques secondes, il trouva l'information, après quoi il s'agenouilla à nouveau pour l'aider à ramasser les papiers.

— Encore désolé, dit-il en sortant.

Stan regagna son bureau, ouvrit son tiroir, prit le téléphone jaune, enfila son manteau et quitta, à pied, le ministère.

En ayant recueilli l'information demandée, Stan ne se facilitait pas la vie. Tant qu'il ne l'avait pas, il ne pouvait pas la transmettre. À présent, il avait le choix, une forme de choix, entre deux solutions catastrophiques. Une bonne partie de la nuit, passée sur le canapé, fut consacrée à ce dilemme insoluble, parsemée de somnolences agitées, et définitivement interrompue par un nouveau courrier électronique, elliptique et terrifiant :

« Le temps presse. »

Évidemment que le temps presse. Stan le laissait s'écouler en espérant que tout cela s'évanouirait, que tout cela n'aurait aucune conséquence ni aucune suite. Mais le temps toujours le rattrapait, lui fermant des portes déjà étroites. Le temps qui passait, sans que la tempête éclate, était une drogue douce, dont il s'enivrait.

Au petit matin, Stan se rendormit sur le canapé. Il fut réveillé en sursaut par la lumière du jour. Son réveil indiquait 7 h 45. Hugo l'avait déjà appelé trois fois, sans doute pour lui poser une dernière question avant son interview. La CIEEMG était convoquée pour 8 h 30. Il bondit du canapé, au grand étonnement de Claire qui émergeait elle aussi.

— Merde, je me suis rendormi, j'ai une réunion et je dois écouter l'interview d'Hugo ! dit Stan pour expliquer sa panique, avant de se précipiter dans la salle de bains.

Une demi-heure plus tard, habillé tant bien que mal, pas rasé, Stan sortit de l'immeuble et mit ses écouteurs pour écouter l'interview qui commençait. Il se réfugia dans l'impasse adjacente, sortit le téléphone jaune de la poche de son manteau, et consacra une dernière minute à le regarder. Il devait décider, il ne pouvait plus reculer.

La voix d'Hugo, qui répondait à la première question, venait perturber encore davantage sa réflexion.

Seul dans l'impasse, Stan activa le téléphone, comme s'il s'engageait sur une route à sens unique, un chemin sans retour vers l'inconnu. En tremblant, il rédigea un message à destination de l'unique numéro préenregistré, un message qui tenait en trois lettres, trois petites lettres.

Puis il appuya sur envoi, avant de lancer de rage le téléphone à terre. L'appareil bon marché se désintégra aussitôt sous l'effet du choc. Stan, qui semblait avoir espéré que tous ses problèmes seraient résolus une fois l'appareil détruit, constata que ce n'était pas le cas.

Penaud, il regarda autour de lui, mais personne ne semblait l'avoir vu. Comme un imbécile, il se vit ramasser les mille morceaux de l'appareil, mais il lui fallut plusieurs minutes avant de retrouver la carte SIM.

Avec la voix d'Hugo dans les oreilles, il se mit à pleurer.

Stan, qui avait repris ses esprits, rejoignit le ministère, bien décidé à ne voir personne. Mais en arrivant, il croisa Brousse, la dernière personne à qui il voulait parler.

— Mon assistante me dit que tu m'as cherché hier soir ? J'ai dû partir un peu plus tôt.

Stan sursauta, ce qui, incontestablement, devenait une habitude.

— Ah oui, non, c'était pour discuter du voyage en Asie, rien d'urgent. Juste pour te dire que je serai dans la délégation.

— Très bien, fit Brousse, qui n'en pensait pas un mot. Je te rajoute et je te parlerai du programme.

Les événements, et les mensonges, s'enchaînaient trop rapidement. Stan n'avait pas le temps de réfléchir, de prendre les bonnes décisions, ou les moins mauvaises.

Dans l'après-midi, Hugo, avec la tête des mauvais jours, entra dans le bureau de Stan.

— Il faut que je te parle.

Stan sentit un frisson lui parcourir la colonne vertébrale, tandis qu'Hugo refermait la porte derrière lui. Il lui tendit un papier.

Une dépêche de presse, de l'agence Tass, en anglais. Stan la parcourut en diagonale : le porte-parole du ministère russe des Affaires étrangères s'y félicitait de la décision française de renoncer à vendre des armes à l'Ukraine.

Stan regarda Hugo.

— Les décisions de la CIEEMG ont fuité en temps réel. Les Russes ont nargué les Ukrainiens en leur annonçant que nous n'allions pas leur vendre les armes, avant même que nous ayons eu le temps de leur annoncer. Ils savent même que j'ai voté contre. Ils sont donc furieux sur la forme en plus de l'être sur le fond, et ils sont furieux contre moi.

— Ah je… je ne savais pas que tu avais voté contre, crut devoir répondre Stan.

Hugo le regarda.

— Ce n'est pas la question. Notre système n'est pas étanche, c'est inacceptable.

Stan avait cinq secondes pour décider. Il savait que c'était la dernière occasion, qu'il n'y en aurait pas d'autre. Il regardait Hugo, qui était à la fois furieux et tellement soulagé d'avoir quelqu'un à qui se confier. Quelqu'un à qui il pouvait se fier, dans un univers où on ne peut se fier à personne.

Les secondes passaient, et Stan ne disait rien. Que se serait-il passé s'il avait, à cet instant, tout admis ? Il se le demanderait toute sa vie.

Tout à sa colère, Hugo continuait le fil de sa pensée.

— L'Élysée est furieux, à juste titre. Et moi aussi. Je voudrais que tu mènes l'enquête, et qu'on trouve le responsable.

— Moi ? On pourrait lancer une inspection officielle, non ?

— Si on veut ne jamais rien trouver, c'est sans doute ce qu'il faut faire, oui. Évidemment, je vais la lancer, l'inspection, Mathilde s'en occupe. Mais je n'en attends rien, et la véritable enquête, c'est toi qui vas la mener. Tu es habilité, tu as accès à tout, et notre proximité déliera les langues. Je t'autorise à être désagréable, ça ne devrait pas trop te désoler.

Stan acquiesça et Hugo sortit de son bureau. Étourdi, Stan s'appuya sur le fauteuil. Puisque son monde s'écroulait, il n'était pas étonnant qu'il chancelle.

Dans le regard d'Hugo, une colère froide, et des œillades que Stan n'avait jamais vues auparavant. Ou se faisait-il des idées ? Déjà, tous ses repères se brouillaient, toutes ses certitudes s'évanouissaient.

Plus vite que prévu, il devait se sortir d'un innommable guêpier. Voilà qu'il était chargé de mener une enquête sur la fuite dont il était l'auteur.

Il devait contacter Anatoli toutes affaires cessantes, mais il avait détruit le téléphone prépayé, seul moyen de le contacter discrètement. Même comme traître, il n'avait aucune classe, et aucun bon sens.

Comment contacter le Russe sans laisser de trace ? Stan décida, puisqu'aucun cliché de l'espionnage de pacotille ne lui serait épargné, d'aller camper devant l'ambassade, boulevard Lannes, en fin de journée, en espérant croiser Belov.

Vers 18 h 30, Stan, caché dans sa voiture comme un espion de troisième zone, aperçut Belov avec des collègues. Stan sortit de sa voiture et se planta devant, en espérant attirer l'attention du Russe sans attirer celle de ses collègues. Mais Belov, sans tourner la tête, continua un instant de marcher et de discuter avec les autres, puis s'éloigna.

Stan les perdit de vue et s'apprêtait, piteux, à remonter dans sa voiture et à repartir chez lui, lorsqu'il entendit, derrière lui, une voix reconnaissable.

— Il ne faut pas venir ici, monsieur Perret. Utilisez le téléphone.

— Je ne l'ai plus.

— Vous l'avez jeté dans la Seine ? sourit Belov.

— Je ne comprends pas pourquoi vous vous êtes vantés d'avoir l'information avant tout le monde. Du coup, tout le monde sait qu'il y a eu une fuite !

— Mon job, c'est de fournir les informations qu'on me demande. Ce que mon Gouvernement choisit d'en faire, ça ne me regarde pas. Ils avaient sûrement une bonne raison de le faire savoir. En l'occurrence, il me semble que l'effet est réussi, mais ça nous échappe à tous les deux.

— Peut-être, mais maintenant, Hugo m'a chargé de l'enquête et je n'ai pas la moindre idée de la manière dont je vais m'en sortir !

Belov sourit.

— L'ironie de l'histoire, n'est-ce pas ?

— Je ne trouve pas ça drôle. Un beau matin, les soupçons vont évidemment se porter sur moi !

— Vous êtes trop nerveux. Je pensais que la politique française vous avait préparé à gérer ce genre de situations. Est-ce que quelqu'un sait que vous saviez ?

— Non, je ne crois pas, j'ai pris mes précautions. Mais je dois trouver le coupable, et le coupable, c'est moi !

— Je vais m'en occuper.

— C'est-à-dire ?

Belov balaya la question d'un revers de main et releva son col.

— C'est bien la peine de venir à Paris pour retrouver le grand froid !

Il disparut dans la nuit tombante, laissant Stan seul avec son désarroi.

Le lendemain, au ministère, Stan décida de faire ses meilleurs efforts pour répondre à la requête d'Hugo, autrement dit de feindre de mener l'enquête sur la fuite.

Il commença par établir une chronologie des événements.

Lundi matin, au moment de la réunion préparatoire, la décision n'est pas prise. Elle est finalisée au cours d'une conversation entre le président et Hugo, en fin de matinée. Ensuite, Hugo informe Brousse de la décision, à une heure inconnue. Connaissant Hugo, il le fait sans doute aussitôt, dans la foulée, de peur d'oublier. Disons qu'à l'heure du déjeuner, Brousse connaît la décision. Que fait Brousse ensuite ? Qui prévient-il ?

Stan cherchait à élargir, toujours davantage, la liste des suspects. Plus il y avait de personnes au courant, plus Stan pourrait éloigner le soupçon, brouiller les pistes, d'autant que, comme Belov le lui avait fait remarquer, personne ne savait qu'il savait. Il vivait encore dans l'illusion de pouvoir sortir indemne de cette histoire.

La réunion avait commencé à 8 h 30, la dépêche d'agence était horodatée à 10 h 02, c'est-à-dire 9 h 02 à Paris, comme une provocation, alors que la réunion était encore en cours ! Autant dire que tous les participants à la CIEEMG étaient des suspects potentiels, au même titre que tous ceux qui étaient au courant avant la réunion, et tous ceux qui avaient contribué à la prise de décision.

Il demanda communication du dossier de CIEEMG. Un type au crâne rasé et au costume impeccable lui rendit visite quelques minutes après, un dossier à la main.

— Bonjour, monsieur le conseiller, colonel Avoine, du BPS.

— Le BPS ?

— Bureau de protection du secret. Voici le dossier que vous avez demandé. Comme pour tous les documents de ce type, les exemplaires sont numérotés, et je conserve une trace de celles et ceux qui les ont eus en main. Les feuilles ne sont pas photocopiables. Je vous remercierai de me prévenir lorsque vous n'en aurez plus besoin.

— La confiance règne.

— La confiance n'exclut pas le contrôle, monsieur le conseiller, conclut le militaire en tendant une feuille de papier à Stan. Pouvez-vous signer ici ?

Après un instant d'hésitation, Stan signa.

Une fois seul, il parcourut le dossier, qui ne lui apprit pas grand-chose qu'il ne sache déjà, puis il convoqua Brousse, qui était effondré.

— Je ne comprends pas… je ne comprends pas…

— Vincent, j'ai besoin que tu me refasses le film des événements.

— Hier matin, on a la réunion préparatoire, tu étais là…

— Le ministre ne t'en a pas parlé avant, pendant le voyage, par exemple ?

— Non.

— Donc la réunion préparatoire. Tu avais préparé un ordre du jour détaillé ?

— Oui, comme à chaque fois. Il manquait juste la décision sur l'Ukraine. Sur toutes les autres, j'avais les idées claires, d'ailleurs il a validé toutes mes propositions, tu étais là.

— Et Lavenue, qu'est-ce que tu lui as dit, à ce moment-là ?

— On fait toujours ça ensemble. À chaque CIEEMG, je décide au dernier moment si j'y vais ou s'il y va, selon l'importance des sujets.

— Tu n'as pas répondu à ma question. Que sait-il lundi matin, au moment d'entrer dans le bureau du ministre ?

— Il est comme moi : il sait que le sujet est ultrasensible, que Bercy est pour, que le Quai est contre, que ça doit être tranché par l'Élysée.

— À ce moment-là, tu as un avis ? Et lui ?

— Oh tu sais, nous les diplos, dans ces cas-là, on espère que quelqu'un d'autre décidera… et dans le doute on suit l'avis de ceux qui ont le pouvoir de nous nommer quelque part !

— Ok. Donc ensuite ?

— Ensuite, tu étais là. Le ministre nous dit qu'il va en parler au président. Vers midi, il m'appelle pour me dire que l'Élysée préfère renoncer, surtout à l'approche du voyage d'État en Russie, que les Russes menaçaient d'annuler avec fracas.

— Et à ce moment-là, qu'est-ce que tu fais ?

— Qu'est-ce que je fais ?

— Oui, tu en parles à qui ?

— Je demande à mon assistante de modifier l'ordre du jour détaillé, et je dis à Lavenue que j'irai moi-même à la CIEEMG.

— Tu lui dis pourquoi ?

— Non, mais je suppose qu'il s'en doute, c'était le seul sujet compliqué.

— Tu lui fais part de la décision prise sur l'Ukraine ?

— Non. J'avais prévu de lui en parler après.

— Est-ce que tu en parles à quelqu'un d'autre ?

— Je fais comme d'habitude, je préviens Mathilde, évidemment, et mes homologues de Bercy et du Quai d'Orsay. On a convenu de se coordonner systématiquement pour éviter les problèmes pendant la réunion.

— Tu préviens les autres participants à la CIEEMG ?

— Non.

— Le SGDSN ?

— Non, ce n'est pas à moi de le faire. Je suppose que l'Élysée ou Matignon, ou Mathilde, l'ont fait.

— Donc avant la réunion, si on résume, on a le président, Hugo, toi, ton assistante et tes homologues qui connaissent la décision prise.

— Sans doute d'autres personnes. On ne sait pas à qui le président en a parlé. Son secrétaire général, son chef d'état-major particulier, le SGDSN, qui sais-je encore…

— Bref, beaucoup de monde…

— Oui. Mais c'est déjà arrivé dans le passé, et on n'a jamais eu de fuite comme celle-ci.

— Il y a une chose que je ne comprends pas. Pourquoi les Russes, qui ont visiblement tout fait pour récupérer l'info, nous font savoir qu'ils savent, en temps réel ?

— Je ne sais pas.

Stan observait Brousse, qui vivait là une épreuve redoutable : premier au courant, il était le premier suspect.

La phrase de Belov le hantait.

« Je vais m'en occuper. »

— Vincent, on va trouver le fin mot de l'histoire.

Brousse haussa les épaules.

— Je voudrais que tu mettes tout ça par écrit, conclut Stan.

Brousse se leva, et s'apprêtait à quitter le bureau.

— Vincent ? l'interpella Stan.

— Oui ?

— Est-ce que l'Ukraine était le premier point à l'ordre du jour ?

— Oui, pourquoi ?

— Comme ça. La réunion a commencé à l'heure ?

— Oui.

— Et au bout de combien de temps la décision sur l'Ukraine a-t-elle été prise ?

— Quelques minutes, pas plus, dès lors que j'ai fait part de la position du ministre, tout le monde s'est regardé, le type de l'Élysée a acquiescé en silence, et on est passés à autre chose. Tout s'est joué avant.

— Je vois, merci.

Avec le sentiment, illusoire, de reprendre un peu la main sur les événements, Stan déjeuna de bon appétit, pour la première fois depuis des jours.

À son retour au bureau, il trouva un livre, avec un Post-it d'Hugo.

« Tu devrais lire ça, c'est fascinant ! »

Sous le Post-it, Stan découvrit le titre du livre :

Un ami très spécial.

Intrigué, sinon tétanisé, par le résumé au dos du livre, Stan consacra sa soirée, et une partie de sa nuit, à lire la biographie de Günter Guillaume traduite de l'allemand.

Stan découvrit la vie de Guillaume, un agent est-allemand infiltré à l'Ouest dans les années 60, qui milita à un niveau subalterne au parti social-démocrate à Francfort, et qui était censé fournir à l'Est des informations sur ce qui se jouait au SPD. Peu à peu, il se fit remarquer comme un militant exemplaire au point d'être recommandé par un ami à Willy Brandt, devenu chancelier, qui cherchait des collaborateurs fiables. Arrivé par accident à la Chancellerie, il noua avec Brandt une relation d'amitié, de proximité et de confiance qui lui donnait accès à des informations extrêmement sensibles dont il abreuva la Stasi, la police d'État de la RDA.

Guillaume finit par être découvert et exfiltré juste à temps à l'Est où il fut accueilli en héros. Le scandale éclata, avec la bienveillance des adversaires politiques de Brandt, parfois même à l'intérieur de son propre parti, au point qu'il dut démissionner. Il était responsable, bien sûr, mais les services ouest-allemands avaient été pour le moins négligents tant les signaux d'alerte sur la duplicité de Guillaume avaient été nombreux.

Une histoire d'amitié, de trahison, de confiance.

Pourquoi Hugo lui avait-il suggéré ce livre-là, et pas un autre, et ce jour-là, et pas un autre ? C'était difficile de ne pas y voir un message, comme une ultime occasion offerte à Stan d'admettre la triste vérité.

À 2 heures du matin, Stan acheva sa lecture, et retomba sur le Post-it d'Hugo.

« Tu devrais lire ça, c'est fascinant ! »

Ce mot était-il différent des petits mots habituels ? Pas vraiment. Mais Stan, lui, voyait tout différemment, tout ce qui était jusqu'alors naturel et anodin, les mots, les regards, les complicités. Pourrait-il longtemps vivre ainsi, sans pouvoir regarder en face les personnes auxquelles il tenait le plus au monde ? Et lui, bientôt, ils le regarderaient différemment, il aurait des réactions inhabituelles, des comportements inhabituels, sans même s'en rendre compte. Le manque de sommeil, qui devenait criant, lui faisait perdre beaucoup de lucidité et d'agilité, dans une période où elles étaient vitales.

Chaque heure qui passait rendait son mensonge et son silence plus inacceptables, et sa trahison moins pardonnable, envers son ami qui s'était toujours livré à lui, envers sa femme qui portait son enfant. Chaque heure, il rajoutait l'indignité à la trahison.

L'ami très spécial, c'était lui.

Paradoxalement, Stan se serait senti mieux s'il était parvenu à rassembler ses souvenirs de cette nuit funeste. Il avait été piégé, mais il aurait beau le plaider, aucune dénégation ne pèserait bien lourd face à la puissance des images. Qui le croirait ? De toutes ses peurs, celle-là était sans doute la plus intense : craindre que personne, ni Hugo, ni Claire, ne le croirait, malgré tout ce qu'ils avaient vécu et construit, car la confiance, ce bien si précieux, qui met tant de temps à se construire, ne met qu'un instant à se détruire. Comme disait Nietzsche, « ce qui me bouleverse, ce n'est pas que tu m'aies menti, c'est que désormais je ne pourrai plus te croire ».

Stan tenta de trouver le sommeil, un sommeil tellement agité qu'il l'épuisa au lieu de le reposer.

Comme un soulagement, le jour finit par se lever.

Dès son arrivée au ministère, lorsque Hugo lui fit signe de passer le voir, Stan prit un nouveau coup au cœur.

— Tu peux arrêter ton enquête, on a trouvé le responsable.

Stan s'arrêta de respirer. Hugo le fixait avec un regard différent, un regard qu'il ne lui avait jamais vu, à moins que ce ne soit lui, Stan, qui perçoive tout différemment. Et Hugo, lui, qui connaissait Stan par cœur, percevait-il quelque chose de différent chez lui ?

— C'est Lavenue.

— Quoi ?

Hugo lui tendit une feuille, l'impression d'un mail envoyé d'une adresse privée vers une autre, daté du lundi soir à 23 h 52. Le contenu du mail se résumait à son objet :

Non

— Tu vois le nom de l'expéditrice ? On a fini par découvrir que c'était la sœur de la compagne de Lavenue. Et le destinataire ? C'est le gardien de l'immeuble où réside un conseiller commercial à l'ambassade de Russie.

— Mais… Thomas a reconnu les faits ?

— Non. Il nie farouchement.

— Et tu considères que ce message est une preuve ?

— Pas totalement, mais il y a aussi ça.

Hugo lui tendit une autre feuille, un relevé bancaire, avec un virement surligné en jaune fluo.

— Tracfin a repéré ce virement, tu vois le montant, ce n'est pas rien. Ce que tu vois, c'est le relevé d'un compte bancaire ouvert la semaine dernière au nom de l'autre sœur de la compagne de Lavenue, qui est mariée et qui porte encore un autre nom. Il a essayé de brouiller les pistes.

Stan, bouleversé, ne savait plus s'il devait prendre la défense de Lavenue ou laisser faire. En une seconde, il se demanda comment il aurait agi dans une situation normale.

— Il y a quelque chose que je ne comprends pas, dit Stan. Lavenue est malin. À supposer, je dis bien à supposer, qu'il se soit lancé dans un truc de ce genre, en prenant tous les risques, comment a-t-il pu être aussi idiot ? Mouiller son entourage ? Espérer que personne ne découvrirait tout ça ?

— Je me suis posé la même question. Figure-toi qu'il a participé, lui aussi, à un voyage en Russie, quelques années avant nous. Il a dû se passer quelque chose, là-bas.

— Ah, fit Stan en tentant de masquer son trouble.

— On a aussi découvert qu'il était aux abois financièrement. Il a dû décider et s'organiser très vite, et donc il a commis des erreurs. Tu te souviens de ce que tu m'as dit, à Saint-Geours ?

— À Saint-Geours ? Je t'ai dit plein de choses, à Saint-Geours.

— Les deux choses qui peuvent faire commettre des erreurs absurdes aux hommes intelligents. L'argent. Les femmes…

Hugo le regardait. Stan crut qu'il allait s'évanouir.

— … tu avais raison.

— Qu'est-ce que tu vas faire ? demanda finalement Stan.

— Je ne veux pas de scandale, l'Élysée non plus. Il va démissionner pour raisons personnelles, ce qui, d'une certaine manière, n'est pas faux.

Stan, qui pensait avoir atteint le fond, se rendit compte qu'il creusait encore. Effectivement, Anatoli s'en était « occupé », de manière suffisamment élaborée pour que l'enquête soit difficile, mais avec suffisamment d'indications pour donner aux autorités françaises les moyens de découvrir la vérité qu'il avait construite, tout en leur laissant penser qu'elles avaient mené une enquête formidable. Stan devrait désormais vivre avec l'idée, en plus de toutes les autres, qu'un innocent avait été compromis pour le protéger, lui.

Et en effet, le sacrifice de Lavenue le protégeait. Autant de temps de gagné, à court terme. Mais du temps pour faire quoi ? L'épée de Damoclès, elle, n'avait pas disparu.

Tout à coup, Stan réalisa qu'Hugo, tout en lui confiant l'enquête sur la fuite, avait visiblement lancé d'autres limiers sur la piste, qui d'ailleurs avaient été bien plus rapides. Stan se retint, en partie en vain, d'y voir un signe de défiance.

Temporairement, il était sauvé.

Le lendemain, de retour chez lui, Stan rentra sa voiture dans le garage souterrain de son immeuble.

Il sursauta en voyant un petit homme en imperméable qui surgit de l'ombre. Aucun cliché de l'espionnage de pacotille ne lui serait épargné.

— Bonsoir, monsieur Perret.

— Vous vous rendez compte que nous avons compromis un innocent ?

— Vous auriez préféré qu'on compromette le coupable, monsieur Perret ?

— Je…

— Et puis innocent, innocent, qui est vraiment innocent ? Nous faisons comme *Le Canard enchaîné*, nous protégeons nos informateurs, monsieur Perret, ils sont précieux. Tournons-nous vers l'avenir, c'est toujours une valeur sûre.

— L'avenir ?

— Oui, le sommet de l'OTAN, la semaine prochaine.

Stan tenta de l'interrompre d'un geste de la main.

— Non, je ne veux même pas savoir.

— En l'occurrence, c'est moi qui veux savoir.

Stan resta silencieux.

— La demande d'adhésion de la Moldavie.

— Pardon ?

— Le sommet doit décider, ou non, de poursuivre les négociations d'adhésion de la Moldavie à l'OTAN.

À toute vitesse, Stan rassembla ses maigres connaissances sur ce pays d'Europe de l'Est, voisin oriental de la Roumanie.

— Nous pensons qu'il est important que l'Alliance atlantique refuse cette demande. La Moldavie est une région stratégique, limitrophe de l'Ukraine, et en particulier de la région d'Odessa.

— La Roumanie est déjà membre de l'OTAN, elle est aussi frontalière avec l'Ukraine. La Pologne et la Slovaquie aussi.

— Je vous félicite, monsieur Perret, votre connaissance de la géographie est rare. En revanche, nous allons rester juges de nos intérêts stratégiques, si vous voulez bien. Nous pensons que l'adhésion de la Moldavie serait une provocation, un pas de plus vers l'intrusion dans notre sphère d'influence, et la porte ouverte à l'adhésion de l'Ukraine.

— Si vous le dites.

— Ne prenez pas trop cela à la légère, monsieur Perret. Pour vous, c'est loin, mais pour nous c'est important.

— Je n'ai aucun doute que la Russie ne verrait pas cette adhésion d'un bon œil, mais en ce qui me concerne, je regarde l'intérêt de l'Alliance. Si la Moldavie souhaite adhérer, c'est un État indépendant, elle est libre de le faire, et je ne vois aucune raison pour l'Alliance de lui fermer la porte au nez.

— Ça me fait très plaisir de parler de géostratégie dans ce parking avec vous, mais je ne suis pas là pour ça. Nous espérons vivement que votre ministre exprimera une voix raisonnable pour considérer que les conditions ne sont pas aujourd'hui réunies.

— Je ne sais pas ce qu'il en pense.

— Vous allez le convaincre ! Je me suis permis de vous préparer un petit résumé des principaux arguments en ce sens, conclut Belov en tendant à Stan une feuille pliée en quatre.

Cette fois, il ne s'agissait plus de fournir une simple information, mais d'influencer une décision, de convaincre Hugo de faire quelque chose qu'il ne voudrait pas forcément faire, de se mouiller, de s'engager, de lui faire face.

— Je ne vais pas faire ça, dit Stan sans prendre la feuille. C'est bien au-delà de ma limite.

— Vous l'avez déjà franchie, dit Anatoli.

Le Russe sourit en sortant de sa poche une autre feuille.

— Jetez un œil à ce mail.

De : stanislas.perret@ppg.pm.gouv.fr
À : secretariat.presse@ppg.pm.gouv.fr

Merci de rajouter l'ambassade de Russie dans les destinataires de nos argumentaires flash.

Contact : anatoli.belov@mid.ru

Stan sourit à son tour.

— Rien de répréhensible. Il s'agissait de documents publics.

— Vous avez raison, mais avec le recul, ça fait mauvais effet, vous ne trouvez pas ?

— Je ne vous demande pas comment vous avez récupéré ce message dont vous n'êtes ni l'expéditeur ni le destinataire ?

— Vous êtes démodé, monsieur Perret. Regardez, j'ai ça, aussi.

Il lui tendit un extrait de l'agenda de Stan, celui de la semaine précédente.

15 h 00 – Audience avec M. Belov
Conseiller à l'ambassade de Russie

— Trois jours avant la CIEEMG, c'est bizarre, non ? demanda le Russe.

— C'est votre faute, vous êtes passé par mon secrétariat.

— De ma faute ? Hahaha ! Vous pensez que c'est à moi que ce rendez-vous pose problème ? conclut le Russe en tendant à Stan un nouveau téléphone jaune. Tenez-moi au courant avant la fin de la semaine, je compte sur vous.

Belov disparut. Stan avait joué les bravaches, mais il était à nouveau placé face à son dilemme. Ce n'était déjà plus la première fois, et c'était sans doute loin d'être la dernière.

Dans le noir du parking souterrain, Stan eut un éclair. Anatoli avait voulu l'intimider en lui montrant les deux grosses traces de doigt qu'il avait volontairement laissées derrière lui, mais les Russes n'avaient aucune preuve matérielle de sa compromission ! La vidéo restait, bien sûr, et elle resterait. Mais pour la CIEEMG, personne ne pouvait remonter jusqu'à lui. Personne ne savait qu'il savait. Le téléphone prépayé est anonyme pour le destinataire, mais aussi pour l'expéditeur ! L'espace d'un instant, Stan s'aperçut qu'il était peut-être encore possible d'inverser la spirale. Il pouvait encore parler à Hugo, ne lui parler que de la vidéo, lui dire qu'il était l'objet d'un chantage, sans évoquer l'affaire de la CIEEMG. Il y aurait des conséquences, graves, sur Hugo, sur son couple, son job, mais ces mêmes conséquences, qui paraissaient insurmontables quelques jours auparavant, semblaient tout à coup presque douces en comparaison de l'engrenage dans lequel il s'était mis et qui, celui-là, pouvait l'envoyer en prison.

Durant la nuit qui suivit, après avoir revisité toutes les hypothèses, Stan prit la décision de parler à Hugo le lendemain matin. Le moment serait difficile, bien sûr, et probablement lourd de conséquences, mais la perspective de se soulager d'un poids si lourd l'emportait désormais sur toute autre considération.

La nuit apporta un élément nouveau. Stan se réveilla à 4 heures, ce qui était déjà pas mal. Il tenta, en vain, de se rendormir et consulta machinalement son smartphone.

Il avait reçu un nouveau courriel dans sa boîte, avec un objet mystérieux :

« Vous aviez raison. »

En pièce jointe, un fichier audio. Stan, qui pressentait une nouvelle catastrophe, mit quelques minutes à trouver ses écouteurs et à ouvrir le fichier.

— *Vous vous rendez compte que nous avons compromis un innocent ?*

— *Vous auriez préféré qu'on compromette le coupable, monsieur Perret ?*

— *Je...*

— *Et puis innocent, innocent, qui est vraiment innocent ? Nous faisons comme* Le Canard enchaîné, *nous protégeons nos informateurs, monsieur Perret, ils sont précieux.*

Dans la cuisine, face à son café, les écouteurs sur les oreilles, Stan partit dans un fou rire nerveux, de ces rires qui ne sont que l'exutoire d'une rage profonde et désespérée.

« Vous aviez raison. »

Stan avait raison : ils n'avaient aucune preuve, mais il la leur avait fournie.

Il combattait plus fort que lui.

Stan devait parler à Hugo, et il appréhendait cette conversation. Ce qui, auparavant, il y a un siècle, aurait été agréable : un simple retour de lecture. Depuis toujours, ils s'offraient, ou se passaient, des livres, puis ils en parlaient. À l'évidence, Hugo s'attendait à ce que Stan lui donne ses impressions à propos du livre sur Günter Guillaume, et Stan décida de lui en parler très vite, à défaut de pouvoir lui parler du reste.

Déjà, les choses simples devenaient épouvantablement compliquées, déjà il fallait tout calculer, tout interpréter, rajouter du mensonge au mensonge, jouer la comédie.

Stan respira un grand coup en entrant dans le bureau d'Hugo, le livre à la main.

— Tu avais raison, c'est fascinant !

— Ah, tu l'as déjà lu ? Je ne te donne pas assez de boulot, on dirait ! Quelle histoire, hein ?

— Oui, ce qui m'a le plus frappé, au fond, c'est que tout ça est accidentel, pas une stratégie mûrement exécutée. Guillaume était destiné à une carrière de porte-serviettes, un exécutant qui devait simplement rapporter les événements considérables dans la section de Francfort du SPD. Puis, par un concours de circonstances, il se retrouve à la Chancellerie !

— Oui ! Moi c'est surtout l'histoire d'amitié et de confiance qui m'a marqué. Le proche collaborateur qui vit deux vies parallèles, aussi intenses l'une que l'autre, qui bascule en permanence entre l'amitié et l'admiration, réelles, et la cause qu'il sert tout aussi sincèrement, en espérant jusqu'au bout concilier les deux, sans vraiment avoir l'impression de faire quelque chose de mal.

Stan, qui se faisait peut-être des idées, croyait sentir qu'Hugo le regardait fixement.

— Le pire, rebondit Stan pour changer de sujet, c'est que les Allemands de l'Est ont finalement fait chuter un chancelier qu'ils voulaient garder, parce que plutôt accommodant avec la RDA, pour en récupérer un autre, Schmidt, beaucoup moins arrangeant…

— Et avec tout ça, des règlements de compte au sein de la coalition, voire au sein même du SPD. Il y a tout dans cette histoire.

— Tout, oui, conclut Stan.

Hugo marqua un temps d'arrêt.

— À propos d'espion…

Stan leva la tête vers lui.

— … tu peux passer voir Lavenue ? Voir comment il se sent ? Il doit être sur le départ.

Stan approuva silencieusement, et sortit du bureau.

En effet, Lavenue faisait ses cartons.

— Thomas, je…

— Tu es au courant ?

Stan acquiesça.

— Je me suis fait piéger, je n'ai rien fait de mal, mais je sais que personne ne me croit. Les apparences sont contre moi.

Stan croyait s'entendre parler.

— Qu'est-ce que tu vas faire ?

— Qu'est-ce que tu veux que je fasse ? Je suis diplomate, ou en tout cas je l'étais, et maintenant je ne sais plus. Le scandale est étouffé, c'est formidable, tout le monde est content. Mais moi, en quittant ce bureau, je n'aurai jamais l'occasion de me défendre, et je sais que personne ne m'aidera à rebondir.

— Si je peux…

Lavenue balaya la phrase d'un revers de main.

— Tu ne peux pas, Stan, tu ne peux pas. Merci d'être passé.

Stan voyait une vie s'écrouler, échantillon de ce qui l'attendait peut-être : le désespoir de Lavenue était un avant-goût du sien, et Lavenue, comme lui, avait été piégé. Voir un innocent se débattre des problèmes que lui, Stan, avait causés, lui retourna le cœur. En observant Lavenue ranger la photo de ses enfants, il se fit une promesse, lui qui ne s'en faisait plus aucune.

De retour dans son bureau, Stan devait, d'urgence, se pencher sur l'attitude à suivre pour réagir à la demande de Belov. Il ne pensait pas que la Moldavie jouerait un jour un rôle aussi essentiel dans sa vie. Pour avoir l'impression de faire quelque chose d'utile, il se mit en quête d'informations sur ce pays, son actualité, la perspective d'adhésion à l'OTAN. Il comprit mieux la portée et l'urgence de l'enjeu : une élection présidentielle y était programmée quelques semaines plus tard, et elle opposait les deux principaux candidats, un pro-russe et un pro-européen. Ce qui serait décidé et annoncé au sommet de l'OTAN serait donc d'une importance décisive pour l'élection. Si les perspectives d'adhésion s'éloignaient, le candidat pro-russe aurait beau jeu de dire que l'OTAN et l'Europe ne voulaient pas prendre la Moldavie sous leur aile et que seule la Russie pouvait l'aider. À l'inverse, si les négociations d'adhésion, ou d'association plus étroite, progressaient, cela donnait du grain à moudre au candidat pro-européen.

En termes plus terre à terre, Belov demandait à Stan d'agir directement contre les intérêts de l'Europe, au profit des intérêts russes, en l'occurrence directement opposés dans un vestige de la guerre froide. Donc de trahir. Bien sûr, au sommet de l'OTAN, tout ne dépendrait pas de la position française, membre parmi bien d'autres, et l'influence russe dans l'OTAN ne se résumait sans doute pas à sa petite personne.

L'idée d'aller voir Hugo et lui expliquer pourquoi il devait freiner l'adhésion de la Moldavie lui semblait insurmontable. La trahison de son ministre et de son ami, la vraie trahison. Il ne s'agissait pas seulement d'aller chaparder une information comme un voleur de poules, il s'agissait d'affronter le regard d'Hugo, de le trahir les yeux dans les yeux.

C'était impossible.

C'était impossible, ce qui, d'une certaine manière, contribuait à résoudre son dilemme. Il devait refuser, au risque de…

Une phrase d'Anatoli lui revint en mémoire.

« Nous protégeons nos informateurs, ils sont précieux. »

S'il refusait, les Russes décideraient-ils de le compromettre, au risque de perdre un informateur « précieux » ? Après tout, ils avaient redoublé de créativité pour lui éviter d'être découvert, d'être même soupçonné. Mais s'il refusait de coopérer, restait-il aussi précieux ? Les Russes le testaient, les demandes iraient forcément *crescendo*. Plus que toute autre chose, Stan aurait aimé pouvoir en parler à quelqu'un. Mais il s'était mis tout seul dans la situation de ne pouvoir en parler à personne.

« Nous protégeons nos informateurs. »

Stan décida que Belov disait vrai, et laissa le téléphone jaune, éteint, dans son tiroir fermé à clé, jusqu'au sommet de l'OTAN.

Le chauffeur de taxi lança un regard interrogatif à Stan dans le rétroviseur.

Stan ne dit rien.

— Où allons-nous, monsieur ?

Stan vit les yeux du chauffeur dans le rétroviseur, sans réagir.

Les événements des vingt-quatre dernières heures défilaient dans sa tête. Très vite, la veille, Stan avait compris que pour une fois, il s'était surestimé : il n'était, au fond, pas aussi précieux que ça.

Il avait d'abord cru, dans une ultime illusion, un ultime déni, que son silence n'aurait pas de conséquences. À la surprise de Stan, Belov ne l'avait pas relancé avant le sommet, qui s'était déroulé comme il devait se dérouler, avec une déclaration finale, impulsée notamment par la France, très encourageante pour la Moldavie.

Lorsque, à son retour du sommet, Hugo avait insisté pour le voir toutes affaires cessantes, Stan n'y avait rien vu d'exceptionnel. Mais lorsqu'il avait découvert le visage d'Hugo, un visage dur qu'il ne lui avait jamais vu alors qu'il pensait les connaître tous, Stan avait compris trop tard que quelque chose n'allait pas, que ce regard lui était destiné et non pas, comme depuis toujours, à un adversaire commun.

— Tu n'as rien à me dire ?

Stan frissonna.

— Je…

— J'ai reçu la vidéo.

Le monde de Stan s'écroula. À la fois, évidemment, parce qu'il pensait qu'ils n'enverraient pas la vidéo, mais aussi parce qu'il pensait que s'ils l'envoyaient, ils l'enverraient à Claire. Il aurait dû s'en douter : plutôt que de semer la zizanie dans le couple, ce qui est amusant mais sans conséquences politiques, ils préféraient semer le trouble dans l'amitié, en misant sur le fait que Stan n'en avait pas parlé à son pote, et dans l'organisation professionnelle et politique autour du duo.

À bien y réfléchir, c'était d'une grande perversité : en l'envoyant à Hugo, ils faisaient coup double, et plaçaient le ministre à son tour face à un dilemme : en parler ou non à sa sœur. Dilemme qu'Hugo, lui, avait vite résolu.

À cet instant, et peut-être pour la première fois, Stan ne savait plus exactement s'il avait en face de lui l'ami d'enfance, le beau-frère, le supérieur hiérarchique ou l'homme politique.

— Bon, dit Hugo en s'asseyant face à Stan. Raconte-moi.

— Il y a deux semaines, Belov m'a demandé une information, j'ai refusé de la donner. Il m'a envoyé la vidéo pour me faire chanter. Je… je l'ai découverte comme toi, je ne sais pas ce qui s'est passé, tu te souviens de cette dernière soirée, mais après qu'on s'est séparés, je n'ai aucun souvenir jusqu'au lendemain. C'est un piège, je me suis fait piéger. Mais je n'ai pas flanché.

Hugo hocha la tête.

— Je sais.

— Hein ?

— Si tu avais donné une info, ils ne m'auraient pas envoyé la vidéo, je suppose. Quelle information t'a-t-il demandée ?

— Sur le sommet de l'OTAN, l'adhésion de la Moldavie, répondit Stan après avoir imperceptiblement hésité.

— Les Russes sont bien les seuls à s'y intéresser.

— Ils voulaient que je te convainque de plaider contre l'adhésion.

Hugo sourit jaune et se leva pour regarder par la porte-fenêtre.

— Pourquoi tu ne m'en as pas parlé ?

— Je voulais, mais tu étais à l'autre bout du monde.

— Oui mais depuis, comme tu vois, je suis rentré. Et à ce moment-là…

— Je… j'avais honte, à cause de Claire, je ne voulais pas…

— … me mouiller ? Mais je le suis déjà. Me placer dans une situation impossible ? fit Hugo en élevant imperceptiblement la voix. M'obliger à choisir entre elle et toi ?

Stan baissa les yeux.

Hugo ne dit rien pendant un moment interminable.

— Je suis obligé d'en parler à Claire. À tout moment, ils peuvent lui envoyer à elle, et lui dire que j'étais au courant. Et je n'ai pas envie qu'elle l'apprenne en recevant un mail.

— C'est à moi de lui en parler, dit Stan en baissant les yeux.

— Je pense aussi. Et aujourd'hui.

— Je…

Hugo lui fit signe de s'interrompre.

— On en reparlera quand tu l'auras vue.

Stan attendit en vain qu'Hugo ajoute quelque chose, et finit par quitter le bureau. Pour la première fois depuis si longtemps, il était incapable de savoir ce que pensait, ce que ressentait Hugo. Peut-être que le fait de ne pas lui avoir parlé de la vidéo était, au fond, plus grave que le contenu de la vidéo lui-même. Après tout, Hugo était fondé à penser que Stan ne lui faisait pas confiance. Et encore, Stan n'avait même pas mentionné l'histoire de la CIEEMG.

— Monsieur ?

— …

— Monsieur, on peut rester là si vous voulez, mais le compteur tourne.

Stan regardait par la fenêtre du taxi, les yeux dans le vide.

— Deux minutes, s'il vous plaît.

Au pied du mur, Stan, qui ne cessait de répondre au mensonge par un autre mensonge, à l'accident par un autre accident, était allé parler à Claire, mais une fois de plus, il était arrivé trop tard.

Claire avait reçu la vidéo, et Stan se demanderait longtemps si elle l'avait reçue des Russes ou d'Hugo.

La colère fut froide, glaciale, clinique.

Stan donna la même explication, la seule qui vaille encore dans ce tourbillon de mensonges. Malheureusement, la vérité ressemblait fort à un autre mensonge : aucun souvenir de cette nuit-là ?

— Pourtant, sur les vidéos, ça semble assez inoubliable, avait répondu Claire, plus calme que jamais.

— Tu ne me crois pas.

— Tu ne m'en as pas parlé.

— Non. Je ne savais pas…

Claire sourit.

— Maintenant tu sais.

Stan, qui s'attendait à une violente colère ou à une crise de larmes, s'était trompé. Une fois de plus.

— C'est mieux si tu vas dormir ailleurs.

Sans un mot, Stan se leva, et prit son manteau.

La nuit était froide. Stan marcha, longuement, sans but, dans les rues de Paris.

Ils ne savaient pas tout, et déjà il ne pouvait plus les regarder en face. Hugo m'en veut, lui ne sait pas pourquoi, mais moi je le sais, comme disait la bonne vieille blague. Ils ne savaient pas tout, et déjà, ils ne lui pardonnaient pas. Ils avaient le même regard : Stan y avait vu la force de la fratrie, la puissance des liens du sang qui primeraient toujours, la confiance brisée, la sévérité du jugement.

Ce regard, qu'il ne pouvait pas supporter. Et, bientôt, celui d'Emma, puis, peut-être, celui de Pauline, sa préférée, sa filleule chérie.

Si la vidéo était rendue publique, le cas le plus probable, ça éclabousserait Hugo, et la tempête personnelle deviendrait politique. Dès lors, une décision s'imposait.

Il retourna à Brienne, le seul endroit où il pouvait passer la nuit. Dans le ministère désert, il passa devant la galerie des portraits des ministres qui s'étaient succédé ici. Eux non plus, il ne pouvait plus les regarder en face.

Il monta le grand escalier pour rejoindre le bureau du Général. Cette nuit-là, il s'arrêta plus longuement dans le bureau de Clemenceau. Le Tigre. Sur le bureau, son téléphone d'alors. Sur deux grands panneaux, derrière le bureau, de gigantesques fac-similés de cartes d'état-major des grandes batailles de la fin de la Grande Guerre. Au mur, un portrait peint du Tigre, avec une citation prononcée à la tribune de l'Assemblée le 11 novembre 1918, qui, cette nuit-là, dans la pénombre, prenait une dimension presque mystique :

« *La France, hier soldat de Dieu,*
aujourd'hui soldat de l'humanité,
sera toujours le soldat de l'idéal. »

Clemenceau, de Gaulle : l'omniprésence de ces géants était désormais insupportable. Lui qui leur rendait visite tous les jours pour s'en imprégner ne pouvait plus les regarder en face.

Un bip incongru sur son téléphone le fit sursauter : l'alerte sur le début du match des Celtics, de l'autre côté de l'Atlantique.

Il n'y avait plus qu'une chose à faire : prendre du champ quelques jours, se faire un peu oublier, laisser le temps faire son œuvre, sacrifier l'accessoire, son job, pour tenter de préserver l'essentiel, tout le reste, Claire, leur bébé à venir, Hugo.

Il s'allongea sur le canapé de son bureau, et s'endormit presque aussitôt.

Il se réveilla à 5 heures. Il était vaseux et réussit à se faire un café, puis il prit une douche dans l'appartement privé du ministre, toujours désert.

De retour dans son bureau, il griffonna quelques mots, plia la feuille en trois et la glissa dans une enveloppe cachetée, qu'il déposa sur le bureau d'Hugo. Puis il rassembla ses rares affaires personnelles, qui tenaient dans un petit carton. Il sourit tristement en vidant le tiroir de son bureau, en tenant dans sa main ce téléphone jaune qui résumait tous ses problèmes. Il décida de l'emporter avec lui. Une fois ses affaires rassemblées, il laissa sur son bureau son téléphone crypté et la clé de sa voiture de fonction, et appela un taxi au 14, rue Saint-Dominique.

— À Saint-Geours, dit finalement Stan au chauffeur.

— Pardon ?

— Gare Montparnasse.

Au *Journal officiel* du surlendemain, parmi les textes abscons qui en font le sel, les plus observateurs notèrent le mouvement suivant au cabinet du ministre des Armées :

Il est mis fin aux fonctions de M. Stanislas Perret, Conseiller auprès du ministre.

Pendant quelques jours, les journalistes politiques tentèrent, en vain, d'obtenir des explications. Puis, face au mur du silence des deux côtés, ils passèrent à autre chose.

Au tout début, Stan pensait se réfugier à Saint-Geours pour quelques jours, au pire quelques semaines, le temps que les tempêtes s'apaisent. En cette fin février, la maison était glaciale. Mais allumer le chauffage, ouvrir les volets, déballer son sac ou son carton, c'était admettre qu'il resterait ici, longtemps. Alors il retarda l'échéance, comme si le fait de grelotter toute la journée était l'espoir d'un retour prochain.

Le premier jour, il avait secrètement espéré que sa démission serait refusée, qu'on se prendrait dans les bras, qu'on se pardonnerait tout et qu'on chercherait ensemble des solutions. Puis il avait compris, un peu tard, qu'il n'avait rien fait pour que ça arrive, et que le meilleur moyen que la démission soit refusée était de ne jamais la présenter.

Le deuxième jour, il avait attendu, en vain, un signe, un contact, un message, n'importe lequel. Des messages, il en avait reçu, de la part de tout un tas de gens qui se posaient des questions. Des collègues, des journalistes, des élus.

« Je ne sais pas ce qui se passe. Si tu veux parler, n'hésite pas. »

Un gentil message de Mathilde. Un gentil message, auquel Stan fut tenté de répondre, avant de se rendre compte qu'il ne savait pas quoi dire.

Mais le message qu'il attendait ne venait pas, un signe d'Hugo, un signe de Claire. En fait de signe, il n'en reçut qu'un, et pas celui qu'il attendait : après quelques semaines d'exil, au début du printemps, il vit débarquer Emma et Pauline, qui venait d'avoir 10 ans. Pauline se précipita vers lui, mais Emma resta à distance.

— On va à Bayonne pour Pâques, voir mes parents. On s'est dit qu'on allait passer. Pauline avait envie de te voir.

— Tu reviens quand ? demanda la petite.

Stan sentit ses yeux se mouiller, mais parvint à montrer son plus rassurant sourire.

— Je ne sais pas, ma puce. J'ai besoin de me reposer. Comment ça va à l'école, tu travailles bien ?

— Oui, j'ai eu mon bulletin de notes !

— Ah, tu vas redoubler ?

Pauline pouffa.

— Chérie, va jouer dans le jardin un peu, ok ? intervint Emma. Je dois parler avec Stan.

La petite ouvrit des grands yeux interrogatifs mais obéit, laissant Stan et Emma dans un silence embarrassé.

— Je suis venue t'annoncer une mauvaise nouvelle, commença Emma.

— Le bébé ?

— Oui.

Stan ne réagit pas immédiatement, comme s'il avait développé une immunité aux mauvaises nouvelles.

— À cause de... ?

— On ne saura jamais.

Stan avait tellement de choses à lui dire et à lui demander que finalement il ne dit ni demanda rien. La nouvelle l'atteignit au cœur, tout autant que le fait que Claire n'ait pas voulu, ou pas pu, lui annoncer elle-même.

Pauline rentra vite dans la maison.

— Maman, j'ai froid.

— Oui ma puce, de toute façon, il faut qu'on y aille, Papi et Mamie nous attendent pour le dîner.

— Oh déjà ?

— Tu reviendras me voir ! dit Stan.

— Oui !! Hein, Maman ?

Emma hésita un court instant.

— Oui ma puce, bien sûr.

Pauline se serra contre Stan.

— Je dois te donner... je dois te donner ça, dit Emma en sortant une enveloppe kraft de son sac.

Puis elles repartirent comme elles étaient arrivées, le laissant seul avec son désarroi.

Cette visite était à la fois la promesse du lien qui subsistait et le constat brut et brutal que la relation était définitivement brisée, et qu'il lui fallait passer à autre chose.

Il fallut plusieurs jours à Stan pour ouvrir l'enveloppe, et plusieurs jours pour lire les papiers au-delà de l'en-tête de la première feuille, le nom et l'adresse d'un avocat parisien.

Il lui fallut encore plusieurs jours pour réaliser totalement que sa vie d'avant était terminée, qu'il fallait se tourner vers l'avenir, se donner un nouvel objectif. C'est lorsque la poignée de la porte de sa chambre lui resta dans les mains, un beau matin, qu'il trouva lequel.

À l'abri du besoin pendant quelque temps, délivré, contre son gré, de toute attache et de toute contrainte, obligé de se réinventer à un âge où c'est plus difficile, placé face à cette poignée de porte et à son incapacité totale de la réparer, il avait pris la décision de se lancer un défi, un défi qui devait être ambitieux, presque hors de portée, presque inatteignable, pour s'y noyer longtemps et oublier ce qu'il avait perdu.

Quatre ans plus tard, les travaux achevés, ou presque, la page du passé tournée, ou presque, tout se rappelait à lui.

En se réveillant, ce matin-là, le matin du jour où Hugo s'était annoncé à Saint-Geours, Stan se dit qu'au fond, il n'avait pas grand-chose à perdre. Au pire, sa vie continuerait, et elle n'était pas désagréable. Comme tous les matins, il vérifia que tout était en ordre pour ses hôtes, et il s'occupa comme il put, en attendant son visiteur du soir avec un mélange de curiosité et d'appréhension.

Depuis quatre ans, ils s'étaient tous les deux réfugiés dans le silence, avec une remarquable persévérance, ce qui, sans doute, leur évitait de se confronter, de se fâcher, mais qui aboutissait au même résultat, voire un résultat pire encore.

En fin de matinée, à l'heure où il commençait à songer au déjeuner, Pauline émergea péniblement de sa grasse matinée, et étreignit Stan.

— Tu prends un petit déj ou tu attends le déjeuner ?

— Hmm, grommela-t-elle.

— Ton père vient ce soir.

— Ici ?

— Oui.

Pauline regarda Stan, hésita à poser une question.

— Ah ok.

— Qu'est-ce que tu lis ? demanda Stan en la voyant un livre à la main.

— *Le Tour du monde en 80 jours*, c'est pour le collège, ça me saoule.

Stan sourit.

— Tu verras, la fin est super, je ne vais pas te *spoiler* !

Pauline fit une moue sceptique.

— Je vais prendre ma douche.

Stan sourit tendrement. Depuis quatre ans, Emma lui amenait régulièrement Pauline pour quelques jours. La filleule de Stan était le seul lien avec le cercle d'autrefois, le seul fil qui le reliait au reste de la bande. La petite fille s'était muée en préado faussement bougonne, mais invariablement, elle venait voir Stan trois ou quatre fois par an, indifférente à la distance, toujours taboue, entre ses parents, sa tante et son parrain.

Pour le reste, quatre ans sans contact. Stan, qui fuyait l'actualité, ne pouvait pas totalement s'en extraire. Par bribes, il voyait Hugo, qui réussissait, qui progressait, sans lui, jusqu'à sa nomination surprise à Matignon, quelques jours auparavant.

Pour qu'Hugo rompe le silence et décide de venir le voir, il fallait qu'il se soit produit quelque chose d'important.

La journée passa lentement, et Stan sentit sa gorge se nouer à mesure que l'heure d'arrivée d'Hugo approchait. Il regarda Pauline qui lézardait au soleil, au bord de la piscine, son téléphone à la main, indifférente à tous ces tourments.

Comme tous les jours, à partir d'un profil anonyme, Stan consulta le même profil sur *LinkedIn.*

Thomas Lavenue
CEO et fondateur TL Consulting
Stratégie de développement international

Puis, sur le site du greffe du tribunal de commerce de Paris, il paya quelques euros pour avoir accès aux comptes annuels de la société. TL Consulting se portait bien, pas de quoi faire fortune, mais suffisamment pour faire vivre son homme, et sa famille.

Rasséréné, Stan passa l'après-midi à repeindre un mur, une activité manuelle qui ne suffit pas totalement à mettre sous le tapis ses sombres pensées. Pauline vint l'aider quelques minutes, mais se lassa vite.

Peu après 19 heures, deux grosses voitures grises, aux vitres teintées, entrèrent dans la propriété, laissant derrière elles un nuage de sable et de gravier, une longue période de silence, et amenant avec elles une tonne de souvenirs enfouis.

Depuis la cuisine, Stan vit Hugo descendre de la voiture. Et Pauline courir vers son père et sauter dans ses bras.

Il vit ses hôtes, qui profitaient de la douce fin d'après-midi au bord de la piscine, et qui observaient, intrigués, le nouvel arrivant, en se demandant si c'était bien lui.

Stan serait volontiers resté dans cette cuisine, mais il semblait clair qu'il fallait en sortir. Il ne savait pas trop comment aborder Hugo mais, après tout, c'était Hugo qui voulait le voir.

Il rejoignit Hugo et Pauline sur la terrasse où, déjà, un visiteur téméraire demandait un selfie au Premier ministre. Hugo vit Stan et lui sourit. Le temps que Stan sourie à son tour, Hugo avait déjà détourné le regard.

Il serra quelques mains, puis Pauline lui montra la ferme avec les poules et les lapins, après quoi ils rejoignirent la maison.

— Je comprends pourquoi Pauline a si souvent envie de venir ici, commença Hugo. C'est formidable, ce que tu as fait !

— On est bien, ici, oui.

— Ah, *Le Tour du monde en 80 jours* ! fit Hugo en voyant le livre sur la table basse. C'est toi qui lis ça ?

— Ouais, soupira Pauline.

— Tu verras, la fin est super, je ne veux pas te *spoiler* !

Pauline fronça les sourcils.

— Oncle Stan m'a dit exactement la même chose.

— Les grands esprits se rencontrent !

Stan regarda Hugo tandis qu'il prononçait cette phrase, mais leurs regards ne se croisèrent pas.

— Pauline, mon chaton, je dois parler avec Stan, d'accord ? Après je t'emmène dîner, il y a un McDo pas loin.

Pauline sourit à pleines dents comme s'il s'agissait d'un trois-étoiles Michelin, tandis que Stan montrait le chemin vers la bibliothèque. L'officier de sécurité, qui ne lâchait pas Hugo d'une semelle, ne les laissa seuls qu'après avoir refermé, derrière eux, la double porte.

Pour se donner une contenance, Stan entreprit d'allumer un feu dans la cheminée. D'emblée, Hugo tomba la veste, dénoua sa cravate et inspecta les rayonnages. Stan, qui s'était assis dans le vieux fauteuil club, l'observait en silence. Hugo avait vieilli, ou plus exactement il semblait avoir pris bien plus que les quatre ans écoulés. Les soucis, la suractivité, le manque de temps avaient fait leur œuvre. Stan vit les cheveux blonds d'Hugo qui viraient au blanc, ce qui se voyait moins que sur un brun comme lui. Il aperçut, aussi, un soupçon d'embonpoint qu'il ne lui avait jamais vu, et des marques grises sous les yeux. Stan avait quitté un jeune homme, et quatre ans plus tard il retrouvait un monsieur.

— Je n'ai plus le temps de lire, ça me désespère, dit Hugo sans se retourner.

Il sortit un livre, lut la quatrième de couverture et le remit à sa place.

Puis il s'assit dans un vieux fauteuil en face de Stan.

— Tu sais, ça m'a pris par surprise, je n'étais pas du tout le premier choix, le président voulait nommer une femme, j'étais sûr que c'était fait, et tout le monde en était sûr aussi, mais, pour une raison que j'ignore, il a changé d'avis.

Stan accompagna son léger acquiescement d'une moue interrogative. Hugo et sa bonne étoile, fidèle, efficace.

— Je voudrais que tu reviennes, dit finalement Hugo. J'ai besoin que tu viennes m'aider, ajouta-t-il. Matignon, c'est une lessiveuse. Rien à voir avec… avec les autres ministères. Mathilde est là, bien sûr, je ne voulais pas faire ça sans elle, mais il manque… il manque un côté au triangle magique. J'ai plein de collaborateurs formidables, mais…

je n'ai personne à qui parler… parler vraiment, tu vois ?

Stan ne répondit pas à cette question rhétorique.

— Je fais tapis, poursuivit Hugo. Je pensais éviter la case Matignon, mais ça m'est tombé dessus. Je sais que ce n'est pas forcément le meilleur moyen de… enfin tu vois. Mais ça ne se refuse pas. Comme tous les autres, j'en sortirai soit avec l'auréole, soit, plus sûrement, avec le pantalon aux chevilles. Je veux mettre tous les atouts de mon côté. Pour que tout reste ouvert. Après.

Après.

— Et pour Pauline, ça va être compliqué. À son âge, tout est fragile, elle marche sur un fil, elle peut vite basculer vers le meilleur ou le pire. Un père Premier ministre, c'est pas facile à gérer, il faut la protéger. Tu fais partie de cet équilibre, de son équilibre.

Stan ne put réprimer un sourire ironique.

— Et puis tu ne vas pas… enfin, tu ne vas pas rester ici pour toujours, hein ?

Stan se leva, et regarda par la porte-fenêtre.

— Est-ce que Claire sait que tu es là ? demanda-t-il finalement.

— Je n'ai rien à lui cacher.

— Ça, je sais. Comment elle va ?

— Le temps fait son œuvre.

— Tu lui as dit ce que tu comptais me proposer ?

— Oui.

— Elle approuve ?
— Elle m'a dit que je faisais ce que je voulais.
— Ce n'est pas ce que j'appelle approuver.
— Elle aurait pu dire non.
— Certes.

Stan revint s'asseoir en face d'Hugo. Il était profondément déconcerté. Il avait attendu et redouté ce moment. Et à présent qu'Hugo était en face de lui, il ne savait pas s'il devait le battre froid, le prendre dans ses bras ou le chasser à grands coups de pompe dans le derrière. Faute de pouvoir choisir, puisqu'ils avaient trop de choses à dire pour pouvoir vraiment se parler, puisque Hugo lui-même ne parlait que par ellipses, Stan opta pour la sobriété clinique.

— Je crois que je suis heureux, ici.

Hugo opina, mais une moue sceptique démentait son acquiescement.

— Il s'est passé trop de choses, ajouta Stan, et les raisons pour lesquelles j'ai dû partir n'ont pas disparu.

— Écoute, répliqua Hugo sans relever le pluriel, ce qui t'est arrivé, ça aurait pu arriver à n'importe qui.

— Tu ne m'as pas dit ça, à l'époque.

— Je devais protéger Claire. Et puis… j'ai eu peur.

— Peur ?

— Oui, peur que nous perdions tout.

— Nous ?

— Oui, bon, j'ai eu peur de tout perdre. Si la vidéo sortait, j'aurais été atteint aussi, et tu le sais très bien, puisque c'est pour ça que tu es parti.

Entre autres, oui.

— Mais la vidéo est toujours là quelque part, et si je reviens, elle peut revenir aussi.

— Moi, je peux gérer ça.

— Moi, je ne sais pas.

— Promets-moi d'y réfléchir.

— Je suis vacciné contre les promesses, aussi bien celles que je reçois que celles que je pourrais formuler.

— Alors ne me promets pas, mais réfléchis quand même. Il y a des grandes choses qui nous attendent. Ce sera peut-être spécial au début, mais je suis sûr qu'on peut retrouver ce qui me manque, et je suis sûr que ça te manque un peu, à toi aussi. Tu seras au cœur du truc, au plus haut niveau, dans le bureau d'à côté, comme au bon vieux temps.

Stan faillit répliquer, mais il se souvint juste à temps que, pour Hugo, la vidéo était le seul problème.

Hugo se leva et remit sa veste.

— Prends quelques jours pour y penser. Je peux attendre. Un « conseiller auprès », c'est comme la prostate. On peut vivre sans, mais on vit mieux avec.

Stan sourit, malgré lui.

Hugo sortit de la bibliothèque et cria à la cantonade :

— La puce, on y va ?

Tandis que Pauline, déjà prête, accourait vers lui, Hugo regarda Stan droit dans les yeux :

— Je te la ramène dans une heure.

— Tu viens au McDo avec nous ? demanda Pauline, qui n'avait pas beaucoup de souvenirs d'Hugo et Stan ensemble, et qui devait sentir que quelque chose d'important se jouait.

— Je crois que ton père veut te parler. On se voit après, d'accord ?

Lorsque les deux voitures grises repartirent de la propriété, Stan sut que sa paix intérieure, péniblement conquise, s'était invitée dans le cortège qui s'éloignait, et qu'il lui faudrait parcourir un long chemin pour la retrouver.

La nuit venue, comme d'habitude, les événements de la journée prirent une ampleur prépondérante.

La visite et la proposition d'Hugo avaient plongé Stan dans des abîmes de perplexité. À force de silences et de phrases inachevées, ils étaient parvenus à aborder LE sujet sans véritablement aborder LE sujet. Rien n'était résolu. L'accessoire avait été purgé de manière exhaustive, mais l'essentiel n'avait pas été dit : les ressentis, les ressentiments, les envies, les craintes, les perspectives, tout cela, autant dire tout, était resté implicite.

Pourquoi Stan n'était-il pas parvenu à refuser d'emblée la proposition ? D'évidence, c'est ce qu'il aurait dû faire, mais quelque chose l'en avait empêché. Était-ce une bonne ou une mauvaise raison ?

Revoir Hugo, qui avait pris de l'âge, du ventre et du coffre, était un choc émotionnel indéniable, que tous les deux avaient masqué derrière une impassibilité de façade. La visite d'Hugo replongeait

Stan dans une période qu'il s'efforçait chaque jour d'oublier, et au moment précis où il commençait à espérer y être parvenu, voilà qu'elle venait le heurter en pleine figure, réduisant à néant tous ses efforts.

Il se remémorait à la fois les meilleurs et les pires souvenirs de sa vie, ses plus grandes espérances, ses plus beaux objectifs, jusqu'à l'effondrement. Des sentiments se superposaient, et il était incapable de savoir à l'avance lesquels s'imposeraient sur les autres s'il devait à nouveau côtoyer Hugo tous les jours.

La nuit qui suivit fut agitée. Incapable de s'endormir, lassé de se tourner et de se retourner dans son lit, Stan préféra se lever.

Il consulta avec attention la liste du Gouvernement formé quelques jours auparavant. Il connaissait personnellement tous les ministres, ou presque. Il n'avait eu aucun contact avec eux depuis plus de quatre ans.

Il s'imagina un instant de retour au cœur de l'État, au centre névralgique du Gouvernement, dans l'immédiate proximité de celui qui, temporairement, en avait la charge. Puis, si les circonstances le permettaient, dans la préparation d'une campagne présidentielle, leur objectif de toujours, qui avait semblé tantôt hors d'atteinte, tantôt à portée de main, au gré des rebondissements de la vie politique et de la vie personnelle.

Un vertige le saisit.

Penser que la relation, la relation de travail tout au moins, reprendrait exactement là où elle s'était arrêtée était une vue de l'esprit. Quatre années avaient passé, durant lesquelles Hugo avait vécu sa vie, accumulé tellement d'expérience, fait tellement de choses, rencontré tellement de gens, recruté tellement de collaborateurs. Peut-être même s'était-il fait de nouveaux amis, des vrais.

Malgré tout cela, Stan restait probablement celui qui connaissait le mieux Hugo.

Stan préférait presque que ce soit impossible de revenir, ce qui lui évitait d'y réfléchir. À présent, la balle était à nouveau dans son camp, alors qu'il avait consacré beaucoup d'énergie à la lancer loin, le plus loin possible, à tel point qu'il l'avait crue disparue pour toujours dans le jardin du voisin.

Au fond de lui, Stan savait très bien ce qui l'avait gêné dans la conversation avec Hugo, mais il ne parvenait pas, en tout cas pas encore, à mettre des mots sur cette sensation.

Revenir à Paris, quitter ce qu'il avait bâti, c'était aussi cesser de se mentir à lui-même, cesser de vivre dans l'illusion que ce qu'il faisait ici le satisfaisait pleinement, cesser de se le répéter tous les jours en espérant que ça devienne vrai : les journées n'étaient pas déplaisantes, loin de là, mais le sentiment d'injustice et d'inachevé venait invariablement les gâcher.

Stan retourna se coucher. Dans la nuit noire, il laissa défiler dans sa tête les événements de l'époque, cette fois sans chercher à les chasser de son esprit. Dans un demi-sommeil, celui qui est propice aux rêves, l'image fugace de son étreinte avec les deux jeunes Russes le saisit.

Réveillé en sursaut, sur le coup de 3 heures, il réalisa une chose : il s'était toujours refusé à regarder la fameuse vidéo dans son intégralité. Ça lui était physiquement impossible. Il se souvenait de plusieurs tentatives, il y a longtemps, toutes avortées après quelques secondes, comme si cette vidéo était le concentré de tous ses malheurs, comme s'il en avait encore peur, alors qu'elle avait déjà fait son œuvre, et bien davantage.

« Moi, ça ne me gêne pas. »

La phrase d'Hugo, la veille au soir, lui revenait. Pour lui, c'était plus facile. Mais moi ? se demanda Stan. Qu'est-ce que ça m'inspire, après tout ce temps ? Qu'est-ce que ça m'inspire *vraiment* ?

Il se leva à nouveau, fouilla dans son ordinateur et retrouva la vidéo. Après un instant d'hésitation, il alluma la lumière pour ne pas la regarder dans le noir. Puis il prit une grande inspiration et cliqua sur la flèche au milieu de l'écran, persuadé qu'il interromprait son visionnage, comme à chaque fois, après quelques secondes.

À sa grande surprise, il n'appuya pas sur pause. Il regarda la vidéo d'un bout à l'autre, comme s'il s'agissait de quelqu'un d'autre. Puis il la regarda une deuxième fois, puis plusieurs fois de suite, comme pour la banaliser, comme pour l'exorciser. Il ne pouvait plus s'arrêter de la regarder, encore et encore, du début jusqu'à la fin, comme si chaque visionnage était une victoire contre ces cinq minutes d'images de mauvaise qualité et leurs innombrables conséquences.

Il la regarda jusqu'à la nausée, jusqu'à ce qu'un visionnage supplémentaire ne lui procure plus aucune émotion. À ce moment-là, et à ce moment-là seulement, il commença à poser sur ces images un regard logique et clinique. Il commença, aussi, à regarder ailleurs que les corps entremêlés : la chambre, le décor, les meubles, les détails, pour autant qu'on pouvait les distinguer sur les images médiocres.

Quelque chose le poussait à regarder, encore et encore, à scruter chaque détail, avec, toujours, une petite gêne, comme si c'était la même chambre sans être la même chambre.

Il avait cessé de compter le nombre de visionnages, et, déjà, le jour pointait, lorsqu'il comprit ce qui l'intriguait.

Une inscription sur le mur du fond, à peine déchiffrable, d'autant qu'elle était en russe. Il tenta de zoomer dessus, mais plus il zoomait, plus les pixels de la mauvaise vidéo rendaient l'inscription illisible. C'est au contraire en s'éloignant de l'écran qu'il parvint, péniblement, à identifier les caractères, à défaut d'en saisir le sens.

Il les recopia comme un écolier, lettre par lettre, mais il n'avait pas d'alphabet cyrillique sur son clavier, ou plus exactement, il ne savait pas comment faire pour le trouver, et il ne put donc pas en chercher la signification.

Le souvenir pénible lui revint d'une expression russe qu'il n'avait jamais oubliée, *spat' na etom*, « dormez là-dessus », la petite phrase anodine de Belov qui avait tout déclenché.

Intrigué, il fit une recherche rapide sur le Web, une recherche qui faisait indéniablement partie de celles qu'on pensait ne jamais faire :

Cours de russe Landes

Puis, après avoir noté une adresse, il sortit nettoyer les abords de la piscine et déplier les transats. Tout à coup, le fond de l'air était frais, comme si Hugo, arrivé dans la douceur de la fin d'été, était reparti dans la fraîcheur de l'automne.

Après avoir servi le petit déjeuner, Stan prétexta des courses à faire et se rendit à Dax. Il sonna à la porte d'une petite maison triste et mal entretenue. Au moment où Stan pensait avoir fait chou blanc, un vieux monsieur vint lui ouvrir.

— Bonjour, est-ce vous qui donnez des cours de russe ?

— Oh je n'ai pas beaucoup de clients, par ici, mais je peux, oui !

— Pardon de vous déranger un samedi.

— Ça fait bien longtemps que les jours de la semaine n'ont plus aucune importance à mes yeux !

L'homme parlait un français parfait, avec un léger accent qui rappelait à Stan de mauvais souvenirs.

— J'ai besoin de votre aide pour traduire deux mots. Je peux payer.

— Haha, comme au bon vieux temps ! D'habitude, c'est Google qui fait ce genre de travail.

— Je vous avoue que j'ai essayé mais je n'y suis pas arrivé.

— Allons bon. Si je peux battre Google, j'ai encore un peu d'espoir, fit le vieil homme en lui faisant signe d'entrer.

Le salon, composé de meubles dépareillés, était un véritable capharnaüm. Stan, qui se dit que la cuisine devait être dans le même état, déclina poliment le café que son hôte lui avait proposé.

Stan lui montra les deux mots qu'il avait maladroitement recopiés.

Immédiatement, le Russe éclata de rire.

— Ça ne veut rien dire !

— Comment ça ?

— Regardez.

Le Russe prit le papier et le plaça devant le miroir de son salon, qui était par ailleurs taché et fissuré.

отель метрополь

— L'inscription est à l'envers. Je crois que ça ne va pas vous aider beaucoup… Ça signifie « Hôtel Metropol », le célèbre hôtel près de la place Rouge, à Moscou.

Stan regardait alternativement le vieil homme, le bout de papier et le miroir.

— Monsieur ?

Stan n'écoutait plus, n'entendait plus. Il était parti bien loin de cette petite maison dacquoise.

— Monsieur ?

Stan finit par reprendre ses esprits.

— Combien je vous dois ?

— Rien du tout, sauf si vous voulez m'offrir un nouveau miroir ! Ou si vous voulez apprendre le russe !

— *Spasiba*, conclut Stan en se levant.

— Oh, je ne suis pas certain de vous avoir beaucoup aidé !

Avant de sortir, et à l'insu de son hôte, Stan déposa quelques dizaines d'euros sur la petite console dans l'entrée. Il se retrouva seul dans la petite rue déserte.

La vidéo était à l'envers, comme filmée dans un miroir, ce qui expliquait la désorientation que Stan avait ressentie en la regardant : la chambre était évidemment familière, il y avait passé plusieurs nuits, mais quelque chose était différent. Stan savait désormais quoi. C'était bien sa chambre, mais sur la vidéo, elle était en sens inverse, ce qui expliquait que la disposition des meubles l'avait dérangé.

Cette réponse, qui aurait pu lui remettre les idées en place, ne faisait que susciter une autre question.

Il comprit laquelle en regardant, dans le rétroviseur, une voiture qui le serrait d'un peu trop près sur le chemin du retour, et qui finit par le dépasser.

Ce n'était pas la voiture au conducteur pressé qui l'avait frappé comme l'éclair. C'était sa propre image, aperçue dans le rétroviseur.

Le vieux Russe l'avait aidé bien davantage qu'il ne le pensait.

Stan s'arrêta sur le bas-côté, et se regarda à nouveau dans le rétroviseur. Il toucha la cicatrice qui séparait en deux son sourcil droit depuis sa blessure à Moscou. Il n'y pensait pas, ne ressentait aucune douleur, mais jamais, depuis, les poils n'avaient repoussé à cet endroit.

Puis il se précipita, une fois rentré, pour visionner à nouveau la vidéo, qui avait retrouvé, le jour aidant, toute sa charge émotionnelle. Toujours mal à l'aise en trois dimensions, il lui fallut un peu de temps pour être certain de ce qu'il avait vu.

L'homme sur la vidéo avait un pansement sur son sourcil droit. La vidéo était à l'envers. Donc, en réalité, le pansement était sur son sourcil gauche.

Donc l'homme sur la vidéo n'était pas lui.

Passé le temps, aussi inévitable que vain, où on se tape la tête contre les murs de ne pas avoir vu ça plus tôt, il fallait tirer deux ou trois conséquences de cette découverte.

Il s'était laissé embarquer dans un chantage qui ne reposait sur rien. Il vivait, depuis, avec une épée de Damoclès au-dessus de sa tête, qui avait toutes les apparences d'un glaive fatal, alors que c'était une arme de papier. Cette menace, qu'il pensait réelle, lui avait fait commettre une erreur plus grave encore, comme un engrenage de mauvaises décisions qui l'avaient conduit dans cette vieille voiture, sur une route départementale au milieu des pins, entre Dax et Saint-Geours-de-Maremne.

Si ce n'était pas lui sur la vidéo, il n'était coupable de rien, du moins aux yeux d'Hugo et de Claire. Car lui, Stan, savait qu'il avait commis l'irréparable : fournir aux Russes une information qu'il aurait dû garder pour lui. Et il savait que les Russes le tenaient.

Confronté à ce séisme, Stan se réfugia dans l'accomplissement rassurant des tâches qui lui incombaient pour le bien-être de ses hôtes, mais pour une fois, ces travaux manuels ne parvinrent pas à le détourner de sa préoccupation. Car si son corps était à Saint-Geours aujourd'hui, sa tête était ailleurs, quelque part entre Moscou et l'Hôtel de Brienne, et quatre ans en arrière.

Il savait qu'il devrait revisiter tout ce qui s'était passé à la lumière de sa découverte du jour, mais il ne pourrait le faire que dans la solitude de la nuit. Car si la vidéo était une manipulation, bien d'autres choses pouvaient l'être aussi.

Une fois le dîner achevé, la table débarrassée, les hôtes retirés dans leurs chambres, Stan, au lieu de les imiter comme il le faisait tous les jours, descendit à la cave. Il s'était promis de jeter plein d'affaires, devenues inutiles, mais quelque chose l'en avait empêché. Il savait désormais quoi. Il retrouva ce qu'il cherchait : le carton qu'il avait emporté de Brienne, le jour de son départ.

Il le remonta avec lui, jusqu'à la bibliothèque déserte, dans la pièce même où Hugo était assis, la veille encore. Il s'assit par terre, ouvrit le carton et redécouvrit, si longtemps après, son contenu. Il s'était interdit de l'ouvrir depuis, comme s'il craignait que des souvenirs enfouis ne s'en échappent.

Au-dessus de la pile, le vieux téléphone jaune le nargua d'emblée. Puis il redécouvrit les documents qu'il avait rassemblés à la hâte à l'époque, et les parcourut rapidement. Il sourit en voyant une photo de Pauline bébé qui l'accompagnait à l'époque sur son bureau. Il remit la main sur une petite chemise cartonnée qui portait la mention « CIEEMG ».

Son contenu était mince : une chronologie de ce que Stan savait, rédigée à la main. La liste des participants à la réunion, son compte rendu recopiés à la main. La dépêche de l'agence Tass. Pas grand-chose d'autre : l'enquête dont Hugo l'avait chargé à l'époque avait été interrompue presque aussitôt par la découverte de la prétendue culpabilité de Lavenue.

Il relut la dépêche Tass, conclue par une mention énigmatique :

Ee/12021002

Comme pour les dépêches de l'AFP, auxquelles Stan était davantage habitué, il s'agissait des initiales du rédacteur, du jour et du mois de l'envoi (1202 pour 12 février) et de l'heure de l'envoi (1002 pour 10 h 02, heure de Moscou).

Stan referma la petite chemise, et se remémora plus précisément encore la compromission de Lavenue, cet engrenage du mensonge qui avait brisé la carrière d'un innocent, Claire qui se croyait trahie mais qui, en fait, ne l'était pas, et qui ne l'avait pas cru lorsqu'il avait nié. Hugo, qui avait pris le parti de sa sœur comme tout frère l'aurait sans doute fait, et qui ignorait le fin mot de l'histoire que Stan, lui, croyait connaître. Stan, qui avait commis erreur sur erreur, mené par le bout du nez par un petit Russe qui s'était joué de lui dans les grandes largeurs.

Il passa une partie de la nuit à tout revisiter à la lumière de ce qu'il venait de découvrir, mais il ne trouva rien d'autre, du moins dans les papiers qu'il avait gardés.

Il n'avait pas vu le temps passer. Il regarda sa montre : 3 h 10. Il était grand temps d'essayer de dormir un peu. Il s'allongea tout habillé, mais une alerte sur son portable le dérangea aussitôt : de l'autre côté de l'Atlantique, le match des Celtics allait débuter. Il n'était pas très raisonnable de commencer à le regarder. Stan mit son portable sur silencieux et ferma les yeux.

Il les rouvrit aussitôt. Ses yeux avaient enregistré une information qui avait mis quelques instants à remonter jusqu'au cerveau : sur l'écran de son portable, il était 2 h 10. Son téléphone, contrairement à sa montre, avait instantanément pris en compte le passage à l'heure d'hiver.

Quelque chose clochait.

Stan suivait son équipe préférée de près, en souvenir d'un merveilleux voyage dans la ville du Massachusetts, des années auparavant. Quelques fois dans l'année, pour les matchs importants, il mettait même son réveil pour regarder le match au milieu de la nuit. Il avait remarqué que les États-Unis ne changeaient pas d'heure exactement au même moment que l'Europe de l'Ouest. Pendant quelques semaines, deux ou trois, le décalage horaire avec la côte ouest était de cinq heures et non de six. Il eut besoin de vérifier l'heure sur Internet pour en être sûr : en France il était 2 h 10, à Boston, il était 21 h 10, soit cinq heures de différence.

Il prit sa tablette pour regarder le début, puisqu'il était clair qu'il ne pourrait pas dormir de sitôt.

C'est en voyant sur l'écran les tribunes de la salle incandescente, en ce début de soirée à Boston, avec toutes ces familles qui dînaient d'un hot-dog, puis en voyant l'exemplaire du *Tour du monde en 80 jours* que Pauline avait laissé dans la bibliothèque, qu'il eut une révélation.

« Tu verras, la fin est super, je ne vais pas te *spoiler* ! »

N'osant pas croire ce qu'il venait de comprendre, il vérifia aussitôt son intuition.

Stan savait déjà que la dépêche de l'agence Tass était à l'heure de Moscou. Mais comme Phileas Fogg qui arrive à Londres en pensant avoir échoué de quelques heures dans son pari de faire le tour du monde en 80 jours, avant de réaliser qu'il avait franchi, durant son retour, la ligne de changement de jour, Stan avait négligé un paramètre qui changeait tout.

En septembre, lorsque Hugo et Stan avaient effectué leur voyage, il n'y avait qu'une heure de décalage entre Paris et Moscou, ce qui, eu égard à la distance, les avait surpris. Forts de ce souvenir, ils avaient calculé l'horaire de la dépêche Tass : 10 h 02 à Moscou, donc, croyaient-ils, 9 h 02 à Paris.

Mais – Stan venait de le découvrir – en hiver, si la France change d'heure, la Russie, elle, avait décidé quelques années auparavant de conserver toute l'année la même heure. Donc de fin octobre à fin mars, lorsque Paris recule d'une heure, Moscou reste à la même heure, le décalage entre Paris et Moscou est de deux heures et non d'une.

Autrement dit, en février, lorsqu'il est 10 h 02 à Moscou, il est 8 h 02 à Paris.

Il avait fallu la combinaison improbable des Celtics de Boston et de Jules Verne, qui ne pensaient pas un jour être associés dans une même idée, pour s'en rendre compte.

Donc, la dépêche de l'agence Tass avait été publiée *avant* le début de la réunion de la CIEEMG, et non pas après. Et surtout, surtout, *avant* que Stan n'ait envoyé l'information à Belov sur le téléphone prépayé.

Ce qui signifiait une chose simple : les Russes avaient eu l'information avant que Stan ne la leur fournisse, donc par quelqu'un d'autre.

Autrement dit, il avait trahi, mais ça n'avait eu aucune conséquence.

La vérité d'il y a quatre ans, la vérité de la vidéo et la vérité de la CIEEMG, n'était pas la vérité.

Passé les premières minutes où on refait le match, où on se demande ce qui se serait produit s'il avait pu découvrir tout ça à l'époque (et, avec sang-froid et bon sens, il avait à l'époque les moyens de le découvrir), où on se demande si sa vie aurait pu continuer comme avant, Stan tenta de reprendre ses esprits.

En quelques heures, il était passé par tous les états, comme s'il avait traversé les cinq phases du deuil en accéléré. Il ne s'était même pas rendu compte que les Celtics avaient perdu, c'est dire à quel point son trouble était profond.

Au petit matin, il fut saisi d'une colère froide, qui à présent surpassait le sentiment de honte à l'idée de s'être fait berner. Stan, qui commençait à bien se connaître, savait qu'il devait laisser passer un peu de temps : il avait l'habitude d'hésiter longuement pour des décisions simples, et de prendre trop vite des décisions structurantes.

Il n'était pas, pas encore, en état de tirer toutes les conclusions de ses découvertes, mais il était bien décidé à ne pas en rester là. Il devait en avoir le cœur net. Pour que sa vie continue.

Il pensait bien que la visite d'Hugo déclencherait des choses, mais il était loin d'imaginer qu'elle en déclencherait autant.

Le soir tomba une heure plus tôt que la veille. Stan regarda les feuilles qui s'amoncelaient, la saison qui se terminait, les derniers visiteurs sur le départ, le domaine qui, à présent, tournait tout seul malgré l'illusion qu'il avait d'y être indispensable.

Après le dîner, Pauline le rejoignit dans la bibliothèque.

— Tu avais raison, c'est super bien, *Le Tour du monde en 80 jours*.

— Ah tu vois !

Il regarda sa filleule s'asseoir en tailleur dans le fauteuil club pour reprendre sa lecture. C'est vrai qu'elle était à l'âge de toutes les fragilités, de toutes les influences, l'âge où tout peut basculer, vers le meilleur ou vers le pire.

Pour une bonne ou une mauvaise raison, se laissant guider par l'impulsion du moment, il prit son téléphone, et envoya un SMS à Hugo :

« J'arrive mercredi. »

Aussitôt, Stan vit s'afficher sur son écran une bulle avec des points de suspension animés : Hugo avait vu le message et était en train de répondre.

Stan attendit quelques instants, mais la réponse ne vint pas.

— Ma puce, je te ramène à Paris demain, dit-il à Pauline.

— Ah, en voiture ?

— Yes, j'ai plein d'affaires à emporter. Et quand tu auras fini Jules Verne, tu pourras lire ça.

Stan lui tendit *Le Comte de Monte-Cristo.*

— Pfouu c'est gros !

— Tu verras, c'est trop court !

Le lendemain matin, à son réveil, il trouva un message d'Hugo en réponse au sien, un simple émoticône en forme de pouce levé, ce qui, sans doute, suffisait.

Au *Journal officiel* du mercredi suivant, les plus observateurs, ou les maniaques qui lisaient le JO, notèrent le mouvement suivant au cabinet du Premier ministre :

M. Stanislas Perret est nommé Conseiller auprès du Premier ministre.

Et le petit monde de s'interroger derechef, sans jamais questionner directement les intéressés, sur les raisons de ce retour soudain.

À la première heure, Stan se présenta aux gendarmes de faction au 57, rue de Varenne. En costume pour la première fois depuis quatre ans, Stan se faisait l'effet d'un pingouin : il se sentait engoncé mais il ne savait pas s'il s'était empâté ou si c'était juste une question d'habitude. Ses chaussures neuves lui faisaient mal aux pieds. Sa cravate, pourtant nouée lâchement, lui serrait le cou. Rasé de près pour la première fois depuis quatre ans, il sentait encore le frottement du rasoir sur sa peau.

— Bonjour, je commence aujourd'hui.

Stan redécouvrit la cour de Matignon, où il avait, parfois, mais rarement, accompagné Hugo autrefois. Il s'arrêta un instant pour l'observer plus en détail, obligeant le gendarme qui l'accompagnait à s'arrêter lui aussi.

Ils entrèrent par la porte au fond de la cour à droite, gravirent le grand escalier sombre pour se diriger vers l'antichambre, au premier étage. Stan regarda à nouveau la cour, cette fois par la grande fenêtre. Durant ces quelques minutes d'attente, plusieurs personnes traversèrent l'antichambre sans lui prêter attention, un jeune conseiller affairé, un appariteur en livrée les bras chargés de parapheurs, un maître d'hôtel qui apportait le petit déjeuner à on ne sait qui.

Mathilde surgit dans l'antichambre. À son apparition, Stan se revit au ministère de la Défense, avant tous ses tourments, heureux comme jamais. Elle l'accueillit avec chaleur, sans poser de questions.

— Je suis tellement contente que tu sois là ! Le PM est à l'Élysée pour le Conseil des ministres. Il voudrait que tu t'installes à côté de lui, viens voir.

Elle franchit la double porte qui donnait directement dans le bureau d'Hugo. Stan s'arrêta un instant.

— Tu es déjà venu dans ce bureau ?

— Jamais.

Mathilde resta un moment silencieuse pour laisser Stan s'imprégner des lieux.

— Mon bureau est juste derrière cette porte, indiqua-t-elle avec sa main gauche, et le tien est juste là, à droite.

Ils se rendirent dans la grande pièce attenante où s'affairaient plusieurs personnes.

— C'était un salon, on le transforme en bureau pour toi. Tout sera prêt à midi. Tu vois, on va faire kibboutz, comme au bon vieux temps !

Le bon vieux temps. Stan se demandait ce qu'Hugo lui avait dit.

— Je te laisse, j'ai une réunion, on déjeune ensemble aujourd'hui, ok ?

Stan acquiesça en regardant les agents déménager le salon et installer son bureau à la vitesse de l'éclair. Le passage de la campagne landaise au cœur du 7e arrondissement était un peu soudain. Et bizarrement, c'était le retour au code vestimentaire approprié qui, à ce stade, symbolisait le plus ce changement.

Il lui fallut un instant pour prendre ses marques dans la pièce trop grande pour lui ; lui qui n'aimait rien tant que les petites pièces cocon, il se retrouvait dans un salon au plafond haut, inchauffable en hiver, caniculaire en été, plus grand même à lui seul que le petit meublé qu'il avait loué en urgence à proximité de Matignon.

Stan regarda le beau parc depuis la fenêtre. Sur la pelouse, parfaite, de laquelle les feuilles d'automne semblaient aspirées comme par magie, comme si une main invisible attendait qu'elles tombent pour les enlever aussitôt, Stan vit la tondeuse automatique poursuivre sans relâche son chemin aléatoire, en rebroussant chemin au premier obstacle. Stan pensa aussitôt à son petit frère – le robot qui, chaque nuit, nettoyait la piscine de Saint-Geours – et une bouffée de nostalgie l'envahit, au point qu'il fut, brièvement, tenté d'y repartir aussitôt.

Il n'eut pas le temps de s'appesantir : déjà la machine Matignon faisait son œuvre. En quelques minutes, un jeune homme, qui se présenta comme son assistant, lui expliqua dix mille choses qu'il comprit mais ne retint pas, la photo pour son badge, le mot de passe pour l'ordinateur avec une majuscule et un caractère spécial, à retenir absolument mais à ne noter nulle part, le code pin du téléphone crypté, *idem* (non, pas votre date de naissance, non, pas le même mot de passe que l'ordinateur), l'accès à l'intranet, les papiers à remplir, la déclaration de patrimoine et d'intérêts, la voiture de fonction à bien distinguer de la voiture de service, l'organigramme du cabinet, l'agenda partagé (tout le monde peut le voir sauf si vous inscrivez le rendez-vous en privé), les cartes de visite (on met votre portable dessus ou pas ?), et autres joyeusetés obligatoires dans une de ces journées où la somme des informations reçues compromet fortement la capacité à retenir chacune d'entre elles. La migraine. La masse de choses à faire, les contacts à prendre ou à reprendre, au cabinet, déjà, mais aussi à l'Élysée, dans les ministères, au Parlement, les journalistes politiques, bref tous ceux que Stan avait fuis sans explication il y a quatre ans.

En miroir, toutes les connaissances d'autrefois reprenaient tout à coup contact comme si ces quatre années n'avaient pas existé, et tous ceux que Stan ne connaissait pas et qui avaient pris leur place dans le système autour d'Hugo depuis son départ.

Tout cela à digérer dans un train qui roulait à grande vitesse et qui ne lui laissait pas une minute de répit, le train des événements du jour, mais aussi le train des mauvaises nouvelles et le train des décisions à prendre qui, tous, convergeaient vers Matignon.

Pris dans sa lessiveuse, Stan avait presque oublié l'occupant du bureau voisin du sien, comme si Hugo, que tout le monde appelait « le PM », était une abstraction. Aussi sursauta-t-il lorsqu'il le revit pour la première fois, au moment où cette première journée sans queue ni tête touchait à sa fin.

— Ça va, tu es bien installé ?

— Oh, je ne vais pas me plaindre, dit Stan en regardant le grand bureau.

— Bon. Mathilde est contente que tu sois là, et moi aussi. Prends tes marques tranquillement. Je réunis le cabinet demain matin, notamment pour leur expliquer ce que tu vas faire. Je voudrais que tu supervises toute la partie politique, les élus, le Parlement, les relations avec le parti, la communication, la presse, que tu relises les discours, bref tout comme au porte-parolat et à Brienne. Il y a des gens pour faire tout ça, mais tu coordonnes. J'ai dit à Mathilde de te tenir au courant de tout, et je voudrais que tu fasses pareil avec elle. Il faut que je file, je suis attendu pour dîner, on se voit demain, ok ?

Stan acquiesça. Il s'attendait à un autre accueil, mais après tout il prenait le train en marche et c'était à lui de s'adapter.

Au cours des premiers jours, Stan oscillait entre le sentiment d'être parti la veille, parce qu'il avait ses repères, et d'être parti il y a un siècle.

Autrefois, il connaissait tous les collaborateurs d'Hugo, et pour cause : la plupart du temps, c'est lui qui les avait choisis. Cette fois, il ne connaissait plus personne, et il arrivait après tout le monde. Hugo n'était Premier ministre que depuis deux semaines, mais déjà, les habitudes de travail s'étaient prises, et elles s'étaient prises sans lui. Tous connaissaient l'histoire, la proximité ancienne entre Hugo et Stan, tous avaient aussi constaté leur éloignement, tous s'interrogeaient sur les raisons de cette rupture et donc, désormais, sur les raisons de la réconciliation.

Personne ne leur posait de questions, mais il ne faisait guère de doute qu'ils en parlaient entre eux.

Ils voyaient bien, en tout cas, que l'arrivée de Stan bouleversait l'organisation du cabinet, et qu'il était nettement préférable d'être gentil avec lui.

De son côté, Hugo agissait, et parlait, comme si Stan n'était jamais parti, et Stan était le seul à voir que, évidemment, quelque chose avait changé.

Lui restait, bien sûr, hanté par ses découvertes tardives. Il se demandait chaque jour s'il devait en faire part à Hugo, ce que ça changerait, et il se souvint qu'il avait désormais le plus grand mal à anticiper les réactions d'Hugo, lui qui les prévoyait autrefois sans jamais se tromper.

Tous les jours, il était tenté de crier son innocence, de lui dire que cette vidéo avait trompé tout le monde, que cet adultère n'avait jamais eu lieu, puis il se souvenait de l'inavouable, l'histoire de la CIEEMG, dans laquelle il était trop coupable pour être véritablement innocent, et trop innocent pour être véritablement coupable. Toutes notions que le Code pénal peinait à appréhender.

Stan voulait d'abord tout éclaircir, et avait bien dans ses projets de tout raconter à Hugo à ce moment-là, sans savoir s'il y parviendrait. Il se préparait, déjà, s'il le fallait, à perdre le job qu'il venait de retrouver et qui, à sa grande surprise, lui plaisait tant.

Et il voulait savoir ce qui était arrivé, pour lui, bien sûr, mais aussi pour éviter que ça arrive à d'autres, comprendre comment les Russes arrivaient à leurs fins.

Stan avait presque oublié pourquoi il était là, jusqu'au moment où, trois jours après son arrivée, son assistant lui apporta un document à remplir.

— C'est pour votre habilitation secret-défense.

— J'ai déjà été habilité, à la Défense.

— Oui, mais il faut le refaire à chaque fois. Et en plus, à la Défense, la procédure est militaire, via la DRSD, et ici la procédure est civile, par l'Intérieur et la DGSI.

— En français ça donne quoi ?

— La Direction du renseignement et de la sécurité de la défense d'un côté, et la Direction générale de la sécurité intérieure ici.

— Ok ok.

En regardant la notice individuelle 94-A, numéro qui signifiait sans doute qu'il en existait au moins 93 autres, longue comme un jour sans pain, Stan constata que pour la remplir avec une chance de succès, il était obligé de faire une fausse déclaration. Cinq ans auparavant, en arrivant à la Défense, au temps de l'insouciance, il l'avait remplie sans même y penser. Après les interminables questions sur ses séjours à l'étranger, ses occupations professionnelles et personnelles, son entourage, sa famille proche, ses parents, il tomba sur une série de questions qui semblaient avoir été écrites pour lui, précédées d'une injonction :

Répondre par OUI ou par NON aux questions suivantes :

Avez-vous été sollicité en dehors de vos attributions professionnelles pour fournir des informations à caractère sensible ?

Des pressions ont-elles été exercées sur vous, ou sur des membres de votre famille, à la suite d'un incident survenu sur le territoire étranger ?

Avez-vous été l'objet d'approches de la part d'un service de renseignement ou de sécurité étranger ?

En cas de réponse positive, décrire les circonstances.

Êtes-vous en relations suivies, à titre professionnel ou privé, avec des ressortissants étrangers ?

Puis la dernière question, comme un coup de grâce, une ultime chance de rédemption :

Souhaitez-vous évoquer un point particulier avec le service chargé de l'instruction du dossier ?

Non, rien de spécial.

Il s'efforça de mentir le moins possible, ce qui n'était pas simple lorsque le choix se résumait à oui ou non. Dans la vie, on pouvait le plus souvent éviter de répondre par oui ou par non et sur certains réseaux sociaux, on pouvait cocher la case *it's complicated*, mais celui ou celle qui avait conçu la notice 94-A n'avait pas jugé utile de faire figurer cette réponse.

Stan cocha les cases qu'il estimait devoir cocher eu égard à ses objectifs, et constata que les petits caractères en bas de la page lui promettaient trois ans d'emprisonnement et 45 000 € d'amende « en cas d'altération frauduleuse de la vérité », jolie litote administrative.

Déjà, le passé le rattrapait, comme si Stan avait espéré y échapper, ou courir plus vite que lui.

Après quelques semaines, Stan commençait à se sentir installé. Petit à petit, les journées étaient consacrées à l'activité du jour et non plus à son arrivée et à tout ce qu'elle impliquait. Il avait repris ses marques dans un monde politique qui avait changé en son absence, mais pas au point de lui faire perdre ses repères. Les vieux réflexes étaient vite revenus, d'autant que les règles du petit monde ne changeaient pas aussi vite que l'identité de ceux qui avaient la charge de les appliquer : le Gouvernement agissait, en faisant de son mieux, la majorité, dans les bons jours, le soutenait, les opposants s'opposaient, les collaborateurs collaboraient, les commentateurs commentaient.

Stan observait Hugo, le retrouvant tel qu'il l'avait quitté, mais aussi plus grave, plus profond. Les habitudes de travail se retrouvaient, l'activité ne manquait pas, Stan n'avait pas perdu ses réflexes. Hugo était dans son costume et il n'abordait plus avec Stan aucun sujet personnel ni familial. Tout juste évoquait-il Pauline de temps à autre. La relation professionnelle était aussi complice qu'avant, leur proximité politique toujours aussi forte, mais désormais, pour Stan, toute une partie d'Hugo semblait fermée à double tour, alors qu'il était habitué à appréhender son ami sous toutes les facettes, ce qui, du reste, faisait sa plus-value. Les collaborateurs politiques étaient interchangeables, mais les amis ne l'étaient pas.

De fait, Stan se demandait chaque jour pourquoi Hugo l'avait fait revenir : sa présence semblait beaucoup moins nécessaire qu'avant, ce que sa longue absence avait parfaitement mis au jour.

Mais enfin, il était là, la machine Matignon était d'une redoutable puissance, d'une redoutable complexité, et il y jouait, d'emblée, un rôle central. Il s'immergea dans son travail, passionnant, sans jamais oublier qu'il était là aussi pour résoudre le mystère des événements du passé.

Il n'avait aucune nouvelle de son habilitation, depuis maintenant un long mois, et il commençait à s'inquiéter. Dans son souvenir, la procédure était très rapide, surtout au niveau qui était le sien. À Brienne, il se souvenait vaguement d'avoir reçu très rapidement une attestation d'habilitation *Très secret*, sans y prêter attention. Cette fois, il se refusait à montrer le moindre signe d'agacement ou d'impatience, mais il ne pouvait pas s'empêcher de se demander si quelque chose clochait, d'autant qu'il savait que quelque chose clochait.

Quelques jours plus tard, l'assistant de Stan lui apporta une grande enveloppe fermée, lui qui d'habitude les ouvrait toutes.

— Ça vient du bureau réservé, je n'ai pas ouvert… C'est sûrement votre habilitation.

Stan ouvrit l'enveloppe. Il était convoqué pour un entretien complémentaire, dans les locaux de la DGSI à Levallois.

Dehors, il neigeait dru, et le parc de Matignon était immaculé. De la neige à Noël, quelle drôle d'idée. Depuis son bureau, Stan entendit des rires d'enfant. Pauline jouait dans la neige avec deux copines : les adolescentes étaient redevenues des enfants. Stan les observa, heureuses, tout entières concentrées sur le tapis blanc. Il enfila son manteau. En l'apercevant, Pauline courut vers lui.

— Tu joues avec nous ?

— Haha, je ne peux pas.

— Regarde, c'est trop beau !

— Oui, profitez-en !

— Tu viendras fêter Noël avec nous ?

Le visage de Stan s'assombrit.

— Je ne pense pas, ma puce. Qu'est-ce qui te ferait plaisir comme cadeau ? demanda-t-il aussitôt pour détourner la conversation.

Il vit Pauline réfléchir intensément à cette question importante.

— Euh, je…

— Tu veux des sous, c'est ça ?

Pauline acquiesça, soulagée.

Stan leva la tête vers le premier étage. Hugo les observait depuis la fenêtre de son bureau. Stan, qui voyait mal dans le contre-jour, aurait juré qu'il souriait.

Quelques jours plus tard, ce qui devait arriver arriva, évidemment au moment où Stan s'y attendait le moins.

Le 24 décembre, en fin d'après-midi, la nuit était tombée sur Matignon, et tous étaient rentrés chez eux ou partis loin. Stan se dit qu'il aurait dû s'éloigner de Paris quelques jours, plutôt que de se retrouver tout seul au bureau. Bizarrement, la solitude lui pesait à Paris, en tout cas ce soir-là, alors qu'il l'avait tant recherchée, et savourée, dans les Landes.

Il boucla ses affaires et rejoignit, à pied, le petit meublé qu'il avait loué à son retour à Paris. Il avait choisi un deux-pièces proche de Matignon pour faciliter ses déplacements et éviter la pesanteur de la voiture officielle avec chauffeur, au moins pour ses trajets domicile-travail.

Il faisait nuit, et il faisait froid, comme si ce qui attendait Stan ce soir-là ne pouvait se produire que dans la nuit et dans le froid. Il y était préparé, et à bien des égards il attendait ce moment, ce qui ne l'empêcha pas de sursauter.

— Vous n'avez pas changé, monsieur Perret, dit une voix dans son dos, tandis qu'il marchait dans une rue étroite et déserte du 7e arrondissement.

— Vous avez mis le temps.

— Je n'avais rien à vous demander.

Stan mourait d'envie de lui rabattre son caquet, mais il devait se concentrer sur son objectif. Alors il se mordit les lèvres.

— Vous aimez votre nouveau job ? Quand on aime la politique, comme vous, je suppose que c'est satisfaisant de revenir à Paris, qui plus est au cœur de l'État ! Je suis sûr que vous n'avez aucune envie de retourner dans les Landes. Je me suis laissé dire que votre propriété était très agréable ? J'aimerais beaucoup venir y passer quelques jours. Malheureusement, je n'ai personne pour m'y accompagner, vous savez à quel point nos métiers nous monopolisent… Bref, j'aimerais que nous puissions reprendre notre collaboration fructueuse. J'ai beaucoup regretté son interruption. À Matignon, vous avez vraiment accès à tout !

Belov lui tendit un téléphone portable jaune.

— Vous voyez, les technologies évoluent, mais je reste très attaché aux vieux appareils. Ils sont plus fiables ! Bonne soirée, et à bientôt, n'hésitez pas si vous avez quelque chose à me dire, vous savez où me trouver !

Belov releva son col et commença à s'éloigner. Puis il se retourna, comme s'il avait oublié quelque chose.

— On me dit qu'il y a un contretemps sur votre habilitation ? J'espère que tout ira bien. C'est important. Pour vous comme pour moi.

Stan, toujours estomaqué par le niveau d'information des Russes, feignit l'indifférence. Le cauchemar recommençait, mais cette fois, Stan avait quelques atouts dans sa manche. Et surtout, il n'avait plus grand-chose à perdre.

Quelques jours plus tard, Stan se retrouva en banlieue parisienne, dans un bâtiment administratif qui ne ressemblait à rien. Il fut dirigé vers une pièce sans fenêtres. Au mur, un miroir qui, si Stan avait été le héros d'un livre ou d'un film d'espionnage, aurait été sans tain, avec, derrière, un paquet d'agents en gris qui n'auraient pas perdu une miette de son témoignage, et qui auraient soufflé dans l'oreillette de nouvelles questions pour l'agent chargé de l'interroger, lui-même gris de costume et de teint. Au lieu de cela, une jeune femme entra, un cahier à la main, et le salua courtoisement sans se présenter.

— Merci de vous être déplacé, monsieur le conseiller, commença-t-elle comme si Stan avait eu le choix. Nous avions simplement quelques questions à vous poser dans le cadre de la procédure d'habilitation *Très secret*, la catégorie la plus restreinte, comme vous le savez. C'est une procédure habituelle.

— J'ai déjà été habilité par le passé, mais aucune question ne m'a été posée à l'époque.

— Ce n'est pas systématique, d'autant que le ministère de la Défense a ses propres procédures.

— Très bien, je vous écoute, dit Stan sans rien montrer de son trouble.

— Nous n'en avons pas pour longtemps. Ça ne vous ennuie pas si j'enregistre notre conversation ? demanda-t-elle en déclenchant l'appareil sans attendre la réponse de Stan. Nous avons quelques questions au sujet de votre relation avec la Russie. Nous avons noté que ce pays est comme un fil rouge dans votre parcours, et nous aimerions en savoir un peu plus.

— Dites-moi.

— Ce voyage d'études, lorsque vous étiez jeune, pouvez-vous m'en dire plus ?

— Oh, c'est très simple, les Russes identifient des jeunes prometteurs dans différents pays, et leur proposent de découvrir la Russie, avec un voyage de quelques semaines tous frais payés. Un outil de *soft power*, d'autres pays font ça, d'ailleurs.

— Et comment avez-vous été sollicité ?

— C'est Hugo Lamorlaye, dont j'étais déjà proche, qui a été repéré et qui m'a proposé de partir avec lui. Mais c'était bien avant l'arrivée dans les ministères, et d'ailleurs, au moment de notre arrivée à la Défense, personne ne m'a posé la moindre question.

La fille, sans réagir à la remarque de Stan, nota quelque chose dans son cahier.

— Je suppose que le groupe était accompagné par un officiel russe ?

— Oui, Belov. Anatoli Belov. Un diplomate.

— Est-ce que c'est lui ? demanda l'enquêtrice en lui montrant une photo.

Stan acquiesça.

— Pouvez-vous répondre à haute voix, s'il vous plaît, pour l'enregistrement ?

— Oui, c'est bien Belov.

— Est-ce que vous avez remarqué quelque chose d'anormal durant votre séjour ?

— D'anormal ?

La fille regarda Stan sans préciser sa question.

— Non. On sentait bien qu'on était sous surveillance, et qu'on nous montrait ce qu'on voulait bien nous montrer, mais c'était sans tension. Nous nous sommes juste retrouvés dans une bagarre, le dernier soir. La faute à pas de chance, des supporters de foot. J'en garde un souvenir, regardez, dit Stan en montrant son sourcil.

— Est-ce que les Russes ont repris contact avec vous à votre retour ? demanda la fille sans sourire.

— J'ai croisé Belov à une remise de décoration, il est venu vers moi et il m'a dit qu'il était muté à l'ambassade à Paris. Nous étions au porte-parolat, à l'époque.

— Est-ce que vous avez gardé le souvenir de ce courriel ?

Elle tendit à Stan une feuille. Il s'agissait du mail qu'il avait envoyé pour que Belov ait accès aux argumentaires.

— Oui. Il me l'avait demandé, et nous faisons la même chose pour d'autres ambassades, alors…

— Est-ce que Belov a gardé le contact ensuite ?

La fille avait, sous les yeux, la notice 94-A avec, à la première page, la photo de Stan.

— Oui, de manière épisodique, comme le fait toute ambassade d'un pays important avec la classe politique du pays où elle est installée…

— Est-ce que vous avez eu des contacts avec les officiels russes durant votre passage à la Défense ?

— Non.

— Vous êtes certain, monsieur Perret ?

— J'en suis certain, fit Stan sans ciller. Ah, pardon. J'ai assisté à l'entretien du ministre avec le nouvel ambassadeur.

— Est-ce que ça faisait partie de vos fonctions ?

— À vrai dire, tout faisait partie de mes fonctions.

— Pourquoi avoir assisté à cet entretien en particulier ?

— Parce que le ministre me l'a demandé.

— Pourquoi vous l'a-t-il demandé ?

— C'est arrivé souvent. Nous sommes très proches, vous savez, il n'y avait pas de raison particulière, en tout cas à ma connaissance. Parfois il voulait que je sois avec lui, c'est tout.

— Est-ce que quelqu'un d'autre assistait à cet entretien ?

— Oui, M. Belov, qui a fait l'intermédiaire.

— Est-ce que vous avez vu M. Belov après ça ?

— Je… je ne me souviens pas, peut-être dans une cérémonie officielle.

— Jamais en tête à tête ?

— Non.

L'enquêtrice marqua une pause, comme pour lui laisser le temps de se reprendre, et nota à nouveau quelque chose sur son cahier. Puis elle sortit une feuille de son dossier.

— Ce n'est pas ce que dit votre agenda.

Stan regarda la feuille, un extrait de son agenda à Brienne, le jour funeste où Belov était venu le voir pour marcher dans le parc du ministère.

15 h 00 – Audience avec M. Belov
Conseiller à l'ambassade de Russie

Stan comprit tout à coup, trop tard, pourquoi Belov était passé par son secrétariat ce jour-là. Pour graver la rencontre dans le marbre, le marbre des temps modernes, celui des disques durs et des nuages informatiques.

— Vous avez raison, j'avais oublié.

— Quel était l'objet de ce rendez-vous ?

— Je ne me souviens pas.

— Est-ce que M. Belov vous a, à un moment ou un autre, demandé une information, même anodine ?

— Non.

— Vous êtes certain ?

— Certain.

— Trois jours après ce rendez-vous, il y a eu l'incident de la fuite d'informations sur les exportations d'armes vers l'Ukraine.

— Oui.

— C'est une étrange coïncidence.

Stan haussa les épaules.

— Qu'en avez-vous su ?

— Le ministre était très énervé, il a diligenté une inspection, et m'a chargé de recueillir toutes les infos possibles, en parallèle. Mais très vite, le mystère a été résolu.

— Vous avez demandé le compte rendu de la réunion ?

— Oui, c'est la première chose que j'ai faite lorsque le ministre m'a chargé de l'enquête, enfin, d'une enquête.

— Quelles étaient vos conclusions ?

— Dès le lendemain, la culpabilité de Thomas Lavenue a été établie, donc…

— Qu'en avez-vous pensé ?

— Pardon ?

— Oui, qu'avez-vous pensé de cette culpabilité ?

— Il a nié vigoureusement, mais les preuves étaient là. Je n'ai pas cherché plus loin.

— Avez-vous été en contact avec lui depuis ?

— Non.

— Pourquoi avez-vous démissionné de vos fonctions à la Défense ?

— Pour des raisons personnelles.

— Belov a-t-il repris contact avec vous depuis votre nomination à Matignon ?

— Non.

L'enquêtrice fixa Stan, puis stoppa ostensiblement l'enregistrement.

— Je vous remercie pour vos réponses. Pardonnez-moi d'avoir été insistante. Mais il se trouve que M. Belov est à Paris depuis plus de quatre ans maintenant, et que nous le soupçonnons fortement d'activités plus troubles que celles que ses fonctions officielles laissent supposer. Comme vous l'avez compris, Belov n'est pas son vrai nom.

Stan la regarda sans réagir.

— Si quelque chose vous revient, même un détail, n'hésitez pas, fit-elle en lui tendant sa carte de visite. Passez une bonne journée, monsieur Perret, et pardonnez-nous pour le dérangement.

En sortant de l'immeuble, Stan fit signe au chauffeur qu'il avait besoin de quelques minutes, et marcha dans les rues de Levallois. À nouveau, il était rattrapé par ses mensonges, et obligé d'en rajouter d'autres, avec la certitude qu'il finirait par se prendre les pieds dans le tapis.

Tout cela ne pourrait pas durer longtemps.

Le Falcon paré de la cocarde tricolore atterrit en douceur sur l'aérodrome à proximité de Prague. Hugo, qui s'y déplaçait pour une visite officielle, finissait de préparer, avec son conseiller Europe, la rencontre avec son homologue tchèque. Stan, qui avait demandé d'accompagner Hugo, rangea ses affaires. Ils descendirent de l'avion au pied duquel les attendaient un officiel chargé de les conduire jusqu'au siège du Gouvernement, ainsi que l'ambassadeur de France en République tchèque, qu'Hugo et Stan connaissaient bien.

— Alors, Vincent, tu es heureux ici ? demanda Hugo à l'ambassadeur en le saluant chaleureusement.

— Très, Monsieur le Premier ministre, répondit Brousse, fraîchement nommé. Le pays est magnifique et les enjeux passionnants !

— Je n'ai jamais entendu un ambassadeur me dire que le pays était moche et les enjeux insignifiants ! répondit Hugo avec un clin d'œil.

Brousse rougit.

— Je…

— Mais non, je te charrie. Bon, il est comment, le Premier ministre ?

Brousse brossa, comme il put, le portrait de l'édile local. Pendant qu'il parlait, Stan lui envoya un SMS.

« Il faut que je te parle dix minutes d'ici ce soir. Seul. »

Stan n'effectuait quasiment aucun déplacement avec Hugo. Sa place était davantage au bureau, et, à part distraire Hugo, ce qui n'était pas toujours inutile, il n'avait aucune valeur ajoutée en déplacement, surtout à l'étranger. Pour autant, Hugo ne montra aucune surprise de voir Stan s'inclure dans le court voyage à Prague.

Stan avait néanmoins préparé sa réponse à la question qui ne vint jamais : bien sûr qu'il était venu pour revoir Prague, bien sûr qu'il était venu pour saluer Brousse. En vérité, il était là pour confronter Brousse aux événements de Brienne.

Sa découverte, qu'il n'avait pour l'instant partagée avec personne, signifiait que l'auteur de la fuite n'était pas à rechercher parmi les participants à la réunion, comme il l'avait cru primitivement, mais uniquement parmi ceux qui connaissaient la décision avant qu'elle ne commence.

Autrement dit, la liste des suspects n'était pas la liste des participants à la réunion mais la liste de ceux qui connaissaient la décision avant, et il s'agissait parfois, mais pas toujours, des mêmes personnes.

À défaut de pouvoir les interroger toutes, Stan voulait revisiter ses conversations de l'époque, cette fois avec la conviction que lui-même n'y était pour rien, autrement dit avec la volonté de faire la lumière et non plus de mettre l'histoire sous le tapis.

Ça commençait par Brousse, qui était par définition informé, et par Lavenue, victime expiatoire.

Lavenue.

Un soupçon étreignit Stan. Et s'il avait aidé Lavenue pour rien durant toutes ces années ? Il avait demandé comme un service à un de ses amis, patron d'une grande boîte d'import-export, de proposer un contrat de consultant au diplomate compromis. Puis, très vite, dès que Lavenue avait mordu à l'hameçon et créé sa société, à un second qui avait besoin de contacts au Quai d'Orsay. Régulièrement, depuis son refuge landais, il vérifiait que la boîte de Lavenue vivait sa vie et faisait vivre son homme, ce qui apaisait, un peu, sa conscience.

Stan avait fait tout cela parce qu'il pensait que Lavenue avait payé pour lui. Mais aujourd'hui, que penser ?

Profitant d'un moment où Hugo prononçait un discours sur l'Europe devant les étudiants de l'université de Prague, Stan prit Brousse à part.

— Je voulais te reparler de la fuite de la CIEEMG.

— Ah cette vieille histoire ?

— Oui, ça me turlupine.

— L'histoire avec Thomas m'a troublé, moi aussi, mais les preuves…

— Est-ce que Thomas était au courant, à l'époque ? Je veux dire, est-ce qu'il était au courant avant la réunion ?

— Avant ?

— Oui, entre le moment où le ministre t'a informé et le début de la réunion.

— Je… je ne sais pas, pas par moi, en tout cas. J'ai gardé ça à boucle très courte.

— Il aurait pu l'apprendre autrement ?

— Euh oui, c'est possible… C'est sûrement le cas, d'ailleurs, si j'en crois…

— Les mails ?

— Oui.

— Tu n'en as parlé à personne avant la réunion ?

— Quand le ministre m'a fait part de la décision, j'ai complété la fiche d'ordre du jour moi-même, et je l'ai envoyée à mes homologues, à l'Élysée et à Matignon, comme le veut la bonne règle. C'est ce que je t'ai dit, à l'époque, d'ailleurs.

Stan se leva. Brousse fit de même et le regarda, inquiet.

— Stan, tu me soupçonnes ?

— Non.

— Pourquoi ?

Stan hésita une seconde.

— Parce que tout le monde savait que tu savais.

Brousse le regarda sans comprendre.

Dans l'avion du retour vers Paris, au lieu de rejoindre le carré en face d'Hugo comme d'habitude, Stan s'isola à l'avant du Falcon, les écouteurs sur les oreilles pour bien signifier aux autres qu'il n'avait pas envie de parler. Il réfléchissait à sa conversation avec Brousse et il méditait sa propre phrase, ce qui n'est pas fréquent.

« Tout le monde savait que tu savais. »

Un jour d'activité intense, pour cause de manifestation des chauffeurs de taxi qui bloquaient Paris, la ruche Matignon était aux abois. Avec Stan, une des plumes du cabinet mettait la dernière main à une prise de parole d'Hugo.

Stan entra, comme il le faisait plusieurs fois par jour, dans le bureau d'Hugo.

Il s'arrêta net.

Claire était assise dans le canapé, près de la cheminée.

Ils ne s'étaient pas revus, ni même parlé, depuis quatre années.

Pris de court, Stan ne savait ni quoi dire ni quoi faire. Du reste, même s'il avait pu s'y préparer, il était probable qu'il ne l'aurait pas su davantage.

— Salut, dit-il simplement.

Claire le salua d'un signe de tête.

— Tiens, la dernière version, dit-il à Hugo en lui tendant les feuilles.

Hugo s'en saisit, indifférent à l'émoi de Stan, qui sortit du bureau comme il y était entré.

Choqué, Stan éprouva le besoin de s'asseoir. Les effluves du parfum citronné avaient réveillé sa mémoire olfactive, la plus puissante.

Dans son regard à elle, fugace, il n'avait pas vu d'hostilité, ni de bienveillance, pas beaucoup de surprise, non plus. Juste une neutralité, une indifférence apparente qui, au fond, était la plus blessante des réactions. Et elle, qu'avait-elle lu sur le visage de Stan ?

Tout à son trouble, il avait presque oublié qu'il était, lui aussi, censé lui en vouloir. À vrai dire, on ne savait plus très bien qui en voulait à qui, ni pourquoi, mais ce qu'on voyait, c'était que tout était cassé, que trop de choses avaient été dites, que trop de choses, aussi, n'avaient pas été dites, et qu'au moment où il le fallait, au moment de vérité, Claire n'avait pas cru Stan et avait quelques raisons de ne pas le croire.

— Monsieur, est-ce que ça va ? demanda l'appariteur, un petit papier à la main, en voyant Stan prostré sur le petit canapé de son bureau.

— Oui, oui, mentit Stan.

— Votre invité pour le déjeuner est arrivé.

— Merci.

En passant par le jardin, Stan rejoignit le restaurant des conseillers, dans l'immeuble attenant qui donnait sur la rue Vaneau. Il fut orienté vers un petit salon isolé, où il rejoignit son invité du jour.

Stan n'avait pas revu Thomas Lavenue depuis quatre ans. Il semblait en avoir pris dix entre-temps.

— Salut, Stan. Je pensais que tu préférerais qu'on se voie à l'extérieur.

— Non, non, on est très bien ici.

— J'apprécie.

Stan ne crut pas devoir préciser qu'il n'avait pas inscrit ce rendez-vous dans son agenda partagé.

— Bon, comment tu vas, Thomas ? dit Stan en lui faisant signe de s'asseoir.

— Disons que ça pourrait aller mieux, j'ai été victime d'une injustice flagrante, je suis innocent du crime dont on m'accuse, et ça a brisé ma carrière diplomatique. Comme tout le monde a choisi de mettre ça sous le tapis, je n'ai jamais pu apporter la preuve de mon innocence, mais du coup, ma culpabilité n'a jamais été mise en avant, et ma réputation a été préservée. Pour le grand public l'honneur est sauf, mais au Quai je suis grillé, et comme tu le sais, nous autres les diplomates on préfère largement quand c'est l'inverse !

Stan sourit.

— Mais ça pourrait aller moins bien, poursuivit Lavenue, parce que le hasard a voulu que dès mon départ de Brienne, j'aie été contacté par quelqu'un qui m'a dit qu'il n'avait pas les moyens de m'embaucher, mais que si je montais ma boîte, mon expérience du Moyen-Orient l'intéressait, et qu'il me ferait un contrat. Il a tenu parole, et aussitôt après, j'ai eu un deuxième contrat intéressant, et je vis de ces deux clients, avec quelques autres petites missions, depuis quatre ans maintenant.

Stan fit semblant d'apprendre tout ça.

— Ah, c'est bien !

— Donc je fais vivre ma famille, ce qui est sans doute l'essentiel, mais le Quai me manque, et surtout, je vis jour et nuit avec ce sentiment d'injustice révoltant, avec mon nom qui a été sali, comme si je ne pouvais pas trouver le repos, tu vois ?

— Je vois assez bien, oui.

— Et en plus je passe pour un con avec cette histoire de mails à ma concierge ou je ne sais plus quoi, avec ma compagne mouillée dans l'affaire, ce qui lui a fait beaucoup de mal.

— Je comprends, Thomas.

— Tu penses que je suis coupable, toi aussi ?

Stan fut surpris par la franchise de la question.

— Je suis comme tout le monde, je n'en sais rien.

— Tu vois, c'est ça le pire. Je ne pourrai jamais lever le doute. Au moins, tu l'exprimes, par rapport à tous les autres qui jurent leurs grands dieux qu'ils me savent innocent, avant d'aller baver dans mon dos. J'ai ma conscience pour moi, mais je reconnais qu'à part dormir la nuit et me regarder dans la glace, ça ne sert pas à grand-chose. Je n'ai jamais cessé d'y penser. À cause des conséquences pour moi, bien sûr, mais surtout parce que ça démontre à quel point les Russes étaient bien informés, et le sont probablement encore puisque, si je suis innocent, ça veut dire que le coupable court, et les informe sans doute toujours. À un moment, j'ai même cru que c'étaient les Russes qui m'avaient trouvé des clients pour me faire taire, c'est pour dire où la parano va se nicher.

— Pourquoi auraient-ils fait ça ?

— Parce que j'étais le coupable idéal. Parce que ça permettait à tout le monde de passer à autre chose, de penser que la question était résolue, pour que tout le monde relâche sa vigilance. Parce qu'ils voulaient protéger quelqu'un d'autre, le véritable coupable.

— Thomas, je suis tout prêt à te croire, mais…

— Pas au point de me nommer dans une ambassade, je suppose ?

Lavenue sourit face à l'embarras de Stan.

— Ne t'en fais pas, je plaisante, je ne demande rien ! La seule solution pour que je sois réhabilité, ce serait qu'on trouve le coupable, et comme personne ne le cherche, ça peut durer longtemps.

Stan ne l'avait pas quitté des yeux. Il avait les accents de la sincérité, mais Stan, qui évoluait dans le monde politique depuis longtemps, connaissait des menteurs invétérés qui trompaient leur monde depuis des décennies.

Effectivement, si Lavenue était coupable, c'était beaucoup plus simple, pour tout le monde. Mais s'il était innocent, il avait été compromis pour protéger quelqu'un d'autre, et jusqu'à présent, Stan pensait que ce quelqu'un, c'était lui. La vanité, ce vilain défaut.

« Parce qu'ils voulaient protéger quelqu'un d'autre, le véritable coupable. »

Stan regagna le ministère après le déjeuner. Claire était assise sur le fauteuil en face de son bureau.

— Ton assistant m'a dit que tu déjeunais à côté.

Il préféra rester debout pour masquer autant que possible sa nervosité. S'ensuivit un de ces silences qui s'imposent lorsqu'il y a trop de choses à dire.

— Hugo est heureux, ici, dit finalement Claire. C'est dur, mais il est heureux.

— Je crois, oui. Il est fait pour ça.

— Et il est content que tu sois là, ça le rassure.

— Ah.

— Tu es toujours aussi bavard.

Stan haussa les épaules. Il n'était jamais aussi silencieux que lorsqu'on lui enjoignait de parler. Il mourait d'envie de révéler à Claire ce qu'il avait découvert, mais il avait un travail à terminer avant.

— Les apparences sont parfois trompeuses, dit simplement Stan.

Leurs regards se croisèrent.

On frappa à la porte et aucun des deux ne sut si c'était un dérangement ou un soulagement.

— Je te laisse travailler, conclut Claire.

Un soir, au tout début du printemps, tandis que Stan éclusait ses mails en musique avec un plateau-repas, Hugo entra dans son bureau et vint s'asseoir en face de lui.

Stan baissa le son de la musique.

— On va marcher ? Il fait doux.

— Dans la rue, tu veux dire ?

— Dans le jardin.

Hugo déposa ostensiblement son téléphone éteint sur le bureau de Stan, et fit signe à son ami de faire de même, puis ils descendirent le grand escalier et traversèrent la salle du Conseil déserte pour rejoindre le perron, puis le jardin.

— Ce que je vais te dire, il n'y a qu'à toi que je vais le dire, et il n'y a qu'à toi que je peux le dire.

Stan acquiesça. Il savait ce que cette phrase voulait dire, ambivalente : j'ai confiance en toi, mais si ça fuite, je saurai que c'est toi. D'habitude, Hugo ne prenait plus cette précaution avec Stan, mais ce soir-là, il avait éprouvé le besoin de le faire.

— Je pense beaucoup à… la suite.

— C'est normal.

— Jusqu'à présent, je démens avec force à chaque fois que quelqu'un évoque l'hypothèse, mais si jamais… si jamais je devais tenter ma chance l'année prochaine…

— Oui ?

— On est encore loin de tout ça, et si ça se trouve ce ne sera pas possible, mais j'aimerais bien que tu réfléchisses… à tout ce qu'il faudrait faire pour que ce soit faisable si on le décide.

— Si tu le décides, tu veux dire…

— Oui, oui. J'ai peur du temps qui passe, tu vois, qu'on se réveille trop tard, avec des trucs qui rendront la candidature impossible ou compliquée. Les dates, les échéances, le fric, les formalités juridiques, les 500 signatures, le QG, tout ça. Je voudrais avoir le choix, en fonction des circonstances, pour saisir l'occasion si elle se présente.

Stan approuva silencieusement.

— Le plus probable, c'est que Garraud emporte la mise, il s'est mis en retrait pour se préparer, moi j'ai la tête dans le guidon et je dois prendre tous les jours des décisions qui me valent un paquet d'ennemis jurés. Mais on ne sait jamais. Il faut faire ça en chambre, personne ne doit pouvoir dire que je m'organise, ni même que j'y pense.

— J'ai compris.

— Si je renonce, je dois pouvoir dire que l'idée ne m'a jamais effleuré.

— Je t'ai dit que j'avais compris.

— Il faudra aussi… protéger Emma et Pauline si ça arrive, ce sera compliqué.

— On verra à ce moment-là, non ?

— Oui, oui, mais c'est aussi un paramètre de la décision.

— Un paramètre ? Tu pourrais vraiment renoncer pour cette raison ?

— Non, mais enfin, tu vois…

— Je vois.

Dans le parc, ils passèrent en revue les arbres plantés par chacun des prédécesseurs d'Hugo, une tradition, pour s'arrêter devant le *sequoia sempervirens*, ou séquoia toujours vert, planté par Hugo à son arrivée.

— C'est un arbre à feuilles persistantes, précisa Hugo.

— J'avais compris.

Hugo sourit.

— Tu comprends tout.

Pour la première fois, l'occasion de réaliser l'ambition de toujours se présentait. Avec de nombreux obstacles, mais personne n'avait jamais été élu sans obstacles importants, personne n'avait attendu la certitude d'être élu pour se présenter.

Comment concilier cet objectif avec l'exercice des fonctions à Matignon, qui obligeait à prendre un certain nombre de décisions impopulaires ? Quadrature du cercle, vieille comme la Ve République. Quelques anciens Premiers ministres avaient conquis l'Élysée bien après avoir quitté Matignon, mais aucun Premier ministre en fonction n'avait été élu.

À Matignon, la charge suprême semblait à la fois si proche, comme prête à être cueillie tel un fruit mûr, et si lointaine, s'éloignant même avec un sourire sardonique dès qu'une main présomptueuse se tendait vers elle : un supplice de Tantale dans sa version moderne. Sauf que Tantale, lui, était puni.

Connaissant Hugo, Stan savait que l'idée de réussir quelque chose que personne n'avait réussi avant lui n'était pas de nature à le freiner, au contraire. C'était, depuis plus de trente ans, une grande différence entre eux, qui, dans une situation pareille, éclatait au grand jour, comme si leurs caractères étaient tout à coup mis à nu : Hugo voyait d'abord l'opportunité, et Stan voyait d'abord l'impossibilité. C'était, sans doute, ce qui faisait la richesse de leur relation.

— Je vais m'en occuper, conclut Stan.

Sur le pont Alexandre-III balayé par le vent, Stan n'eut pas longtemps à attendre.

— Vous connaissez l'histoire de ce pont, monsieur Perret ?

— Pas vraiment.

— C'est le plus beau symbole de l'amitié indéfectible entre nos deux pays ! La première pierre de ce pont a été posée par le tsar Nicolas II lors de sa visite mémorable en 1896. Il a été baptisé en l'honneur de son père, le tsar Alexandre. Regardez, sur les lampadaires, ici les armes de la France, et ici les armes de la Russie impériale.

— Vous êtes nostalgique, vous aussi.

— Nous travaillons surtout beaucoup pour que nos petits-enfants soient nostalgiques de la période actuelle.

— Je vois ça.

— En tout cas, j'ai pensé que ce lieu de rendez-vous revêtirait une portée symbolique qui vous toucherait. Allons marcher quelques instants, voulez-vous ?

Stan approuva, comme s'il avait le choix.

— Alors, votre ami Lamorlaye va se présenter ?

Stan resta impassible.

— Je ne sais pas. Qu'est-ce qui vous fait dire ça ?

— Je lis le journal. Vous vous y préparez ?

— En politique, il faut toujours se préparer, sans jamais être certain que l'hypothèse se réalisera.

— Je suppose que vous l'y incitez.

— Il n'a pas besoin de moi pour ça. De toute façon, aujourd'hui, Hugo n'est pas en pole position.

— Ah oui, vous pensez à M. Garraud ?

— Entre autres.

— Vous savez, monsieur Perret, tous les candidats ont leurs points faibles, et M. Garraud n'est pas différent des autres. En plus, si j'ai bien compris comment fonctionnent vos élections, les favoris de l'année précédente sont rarement les élus de l'année suivante. C'est une différence notable avec mon pays, je dois l'admettre. Mais vous avez raison de vous préparer. Évidemment, nous favorisons la candidature de votre ami, pour la bonne et simple raison que nous disposerions, dans ce cas, d'un contact particulièrement privilégié à l'Élysée.

— Tout ça est encore bien loin, et même si ça se fait, je ne sais pas si je l'accompagnerai.

Belov éclata de rire.

— Vous ne manquez pas d'humour, monsieur Perret. Le meilleur ami du président, à notre service. Ce serait le couronnement de ma carrière.

— Vous m'en voyez ravi.

— Ce serait aussi le couronnement de *votre* carrière ! Tenez-moi au courant, nous pouvons sûrement vous aider un peu. Ce ne serait que justice, après tout ce que vous avez fait pour nous ! Figurez-vous que vous avez même droit à votre nom de code, un honneur réservé aux véritables amis de la mère patrie.

— Un nom de code ?

— Oh, je peux vous le dire, dans tous les documents, vous vous appelez Guillaume.

— Guillaume ? Pourquoi un prénom ?

— Haha, ce n'est pas un prénom, monsieur Perret. Si nous avions choisi un prénom, nous aurions choisi Pierre.

— Pierre, comme le tsar ?

— Ouh là comme vous y allez ! Pierre comme Pierre Perret ! Il est très populaire en Russie, vous savez, comme Michel Sardou et Mireille Mathieu. Non, Guillaume comme Günter Guillaume, savez-vous de qui il s'agit ?

Stan se souvint du livre qu'Hugo lui avait prêté quatre ans auparavant.

— Oui.

— Un agent de la RDA qui devient le meilleur ami du chancelier de RFA, quelle histoire !

— Ce n'était pas vraiment son meilleur ami.

— Une grande différence avec vous !

— Il y en a une autre : lui avait trahi par conviction.

— Pour nous, le travail est un peu plus compliqué, mais le résultat est le même ! Et votre ami, de fait, nous l'avons baptisé Willy, comme Willy Brandt. Après tout, c'est un dauphin, lui aussi !

— Un dauphin ?

— Oui, le dauphin du président !

En rentrant chez lui, Stan ressassa la conversation avec Belov.

« Guillaume comme Günter Guillaume, savez-vous de qui il s'agit ? »

Il fouilla dans un carton, un de ceux qu'il n'avait toujours pas déballés, et finit par trouver ce qu'il cherchait : son exemplaire du livre qu'Hugo lui avait offert à l'époque et qui lui avait valu tant de sueurs froides. Il le feuilleta, à nouveau happé par cette histoire étonnante, et se replongea dans la guerre froide, la vie de Willy Brandt, son accession à la Chancellerie, sa politique d'ouverture vers la RDA, la fameuse *Ostpolitik*, puis sa chute.

Allongé sur son lit, Stan reposa le livre et regarda le plafond craquelé de son meublé de fortune. Il était tard, et Stan plongea dans une douce somnolence, avec, dans la tête, des images du livre qu'il venait de relire en partie. Il se sentit sombrer et avait perdu la notion du temps, lorsqu'il ouvrit tout à coup les yeux. Il était tout habillé, la lumière encore allumée, et il lui fallut quelques secondes pour se remettre les idées en place et se souvenir des phrases qui l'avaient réveillé. Il reprit le livre qu'il avait laissé tomber à côté de son lit, en quête d'un paragraphe particulier, dans le chapitre de conclusion.

Après l'avoir relu, Stan comprit qu'il ne retrouverait pas le sommeil.

Jusqu'à présent, et dans l'émotion du moment, il avait pensé qu'Hugo lui avait offert ce livre parce qu'il le soupçonnait. Puis il en était venu à penser que c'était l'effet de sa paranoïa, un simple hasard. À présent, une troisième hypothèse surgissait dans son esprit.

Et cette hypothèse, pour le présent, pour l'avenir, pour sa propre sérénité, pour son engagement, il devait absolument la vérifier, ou plus exactement, vérifier qu'elle était fausse.

La journée s'annonçait aussi longue que la nuit avait été courte. Stan, hanté par son doute nocturne, avait pris avec lui à Matignon le livre sur l'affaire Guillaume. Il savait qu'il devait relire cette page à tête plus ou moins reposée, en tout cas à la lumière du jour, celle à travers laquelle on voit toujours les choses différemment.

Muni d'un café fort, il ouvrit à nouveau le livre à la page correspondante, avec la prudence de celui qui pressent que l'ouvrage peut lui exploser à la figure.

Eu égard à son passé, à ses convictions politiques de gauche, à ses activités pendant la guerre, à sa politique d'ouverture et de reconnaissance vis-à-vis de la RDA, certains se demandèrent si Willy Brandt n'était pas lui-même un agent de l'Est. Cette théorie, qui fut complaisamment colportée par ses adversaires politiques, y compris au sein de son propre parti, n'a jamais été étayée par aucun élément concret, et relève davantage de l'imagination du romancier que de la rigueur de l'historien.

Stan referma à nouveau le livre. Il n'avait pas rêvé. Toute la journée, il tenta de s'enlever l'idée de la tête, et, évidemment, plus il essayait, plus l'idée l'obsédait.

Et comment la purger, sinon en démontrant qu'elle était infondée ? Encore fallait-il savoir de quelle manière.

Stan fut interrompu dans sa réflexion par Emma qui passa une tête dans son bureau.

— Ça va ?

— Oui, toi aussi ?

— Hugo m'a conseillé de venir te voir, dit-elle comme pour se justifier. Je voulais savoir à quoi je dois me préparer, et à quoi je dois préparer Pauline.

— Tu veux dire…

— Si Hugo est candidat. S'il est président. J'ai bien vu ce qui arrivait aux autres, à leur conjoint, à leurs enfants. Je ne veux pas de ça.

— C'est un peu dans le package, malheureusement.

— Mais ici, on a été préservées.

— Entre Matignon et l'Élysée, il y a un abîme.

— C'est-à-dire ?

— Tu ne vas pas aimer cette comparaison, mais être candidat à la présidentielle, c'est comme se promener tout nu dans la rue. Tout ce que tu fais, tout ce que tu as fait, tout ce que tu dis, tout ce que tu as dit, tout ce que tu es, tout ce que tu as été, tout ce que tu penses, et même tout ce qu'on suppose que tu penses, est exposé au grand jour, à la vue de tous. Donc c'est comme se promener tout nu dans la rue. La première fois, je suppose que ça fait drôle.

— Oui, pour Hugo.

— Pour sa famille, aussi. Je vais te donner un exemple : un beau matin, un journaliste ira éplucher tes cours pour essayer d'en déduire la politique économique d'Hugo.

— Haha, bon courage !

— Tu rigoles mais ça va arriver.

— Et s'il est élu ?

— La même chose, puissance 10. Il y a toujours beaucoup de curiosité pour la première dame.

— Je déteste cette expression. Et pour Pauline ?

— On pourra la protéger. Le visage des enfants, c'est à peu près la seule chose que les paparazzi respectent. Mais elle aura des contraintes, pour sa sécurité, dans ses déplacements, etc. On pourra ajuster, mais il y aura un minimum. On aura le temps de reparler de tout ça.

— Tu pourras parler à Pauline ? Je veux dire, si l'hypothèse se précise ? Elle t'écoute beaucoup.

Stan acquiesça, et Emma le remercia d'un signe de tête avant de sortir.

Ce jour-là, Hugo était en déplacement. Comme il le faisait parfois, Stan entra dans le grand bureau du Premier ministre, où personne ne s'étonnait de le trouver. Machinalement, il regarda l'amoncellement de livres offerts à Hugo, où, avec son accord tacite, il avait l'habitude de piocher.

Son regard fut attiré par la pile des parapheurs en retard, qui s'étaient accumulés sur la table de réunion. Il en parcourut la page de garde sur laquelle figurait invariablement le nom de l'expéditeur – généralement un conseiller –, la date, la mention « *pour la signature* (ou « *pour la lecture* ») *de M. le Premier ministre* », l'objet du courrier à signer ou de la note à lire, et les visas, de simples grigris, qui attestaient de sa validation par toutes celles et tous ceux qui devaient avoir approuvé le document avant qu'il n'arrive sous les yeux d'Hugo, en dernier lieu la directrice de cabinet qui les visait tous. Il nota que selon l'expéditeur, les bordereaux n'étaient pas homogènes. Certains d'entre eux comportaient un signet « TTU » qui ne voulait plus rien dire puisque tout était très très urgent, un tampon *Confidentiel* voire, en rouge, les mentions *Diffusion restreinte* ou *Secret*. Les documents classés *Très secret* ne traînaient jamais sur le bureau, ils ne traînaient jamais nulle part, d'ailleurs, à se demander si quiconque pouvait les lire un jour.

Une fois que tous les visas avaient été recueillis, le secrétariat particulier portait les parapheurs dans le bureau, où le PM signait, ou lisait, dès que possible, souvent tard le soir. Après quoi le parapheur effectuait le chemin inverse, jusqu'à son expéditeur initial, ainsi informé de la signature ou des annotations du Premier ministre.

La diversité des courriers et des notes était impressionnante, leur importance très variable. Un courrier de remerciements pour un cadeau ou un livre, une lettre de félicitations pour les lauréats de la dernière promotion de la Légion d'honneur, le rappel d'un mot manuscrit à faire pour l'anniversaire de tel ou tel ministre, mais aussi des notes d'arbitrage sur des sujets extrêmement variés, des propositions pour une nomination urgente à effectuer ou à proposer au président, quelques télégrammes diplomatiques sélectionnés, des notes plus ou moins confidentielles sur tous les sujets possibles et imaginables. De temps à autre, lorsque la pile menaçait de s'effondrer sur elle-même, Mathilde faisait le tri pour faire en sorte qu'Hugo voie les documents les plus importants et les plus urgents.

Stan eut aussitôt honte de l'idée qui germa alors dans son esprit. Son exécution mettait en jeu un paramètre sur lequel, au fond, tout l'édifice reposait : la confiance, cette confiance qui faisait qu'il était là, dans le bureau du Premier ministre, cette confiance qui faisait qu'Emma, malgré tout ce qui s'était passé, venait le voir lui lorsqu'elle avait un problème, cette confiance qui faisait que leur fille, sa filleule, avait tenu à conserver avec lui une relation intense, indépendamment des bisbilles familiales ou amicales.

Pour concrétiser son idée, Stan avait tout, ou presque, à disposition. L'idée était bonne et risquée à la fois, mais elle lui permettrait de lever, une fois pour toutes, le doute qui l'avait étreint. Et, avec le temps, sa conception du risque avait nettement évolué. Il fallait passer à autre chose, retrouver l'engagement total, dans une mission qui, finalement, le passionnait à nouveau.

Il balaya les pages de garde de la première pile de parapheurs devant lui, et finit par trouver ce qu'il cherchait. Il prit trois photos avec son téléphone personnel.

Puis il retourna dans son bureau pour faire le point, au calme, sur ce qui lui manquait pour mettre son plan à exécution. Il attendit la solitude du soir pour établir la liste de ce qu'il devait faire. Elle n'était ni longue ni insurmontable. Le contenu était plus difficile à déterminer et à exécuter. Il fallait jouer finement.

Il s'apprêtait à franchir un cap supplémentaire, peut-être le dernier, mais il avait déjà cru à plusieurs reprises que ce serait le dernier. Un moment décisif de plus. Comme à chaque fois qu'il avait besoin de réfléchir, Stan prit ses écouteurs et sortit dans le parc de Matignon, que les couleurs du printemps rendaient plus resplendissant encore.

Il se dit d'abord qu'il devait inventer une fausse information. Puis, en revisitant les événements des dernières semaines, il trouva mieux : utiliser une information exacte qu'il avait reçue par accident.

Il retourna à son bureau.

— Vous pouvez m'apporter un parapheur vide ? demanda-t-il à son assistant. Avec un carton « TTU ».

Il glissa le parapheur vide dans sa serviette et rentra chez lui. En s'inspirant des photos qu'il avait prises, il tapa une courte note sur son ordinateur personnel, qu'il avait déconnecté du réseau. Satisfait du résultat, il s'attaqua au bordereau – la page de garde – avec le nom d'un conseiller en expéditeur et trois visas, celui de son chef immédiat – le chef de pôle –, du directeur adjoint de cabinet et de la directrice de cabinet, puis imprima les documents qu'il avait créés.

Il scotcha le bordereau sur le dessus du parapheur, ajouta le petit carton rouge vif « TTU » qu'il fixa avec un trombone. Après plusieurs essais sur une feuille vierge, il parvint à imiter tant bien que mal les visas, assez élémentaires, et auxquels personne ne prêtait d'ailleurs attention, pourvu qu'un grigri approximatif remplisse la case correspondante.

Puis il glissa la note dans le parapheur.

L'illusion était parfaite.

Il ne lui manquait qu'une seule chose.

Muni du parapheur, il retourna à Matignon. D'un pas rapide, le pas de celui qu'il ne faut ni retarder ni contredire, il se rendit au secrétariat particulier, le « SP », où on avait l'habitude de voir débouler des gens pressés.

— J'ai une note urgentissime pour le PM, c'est classé *Secret*, dit Stan. Vous avez le tampon ?

— Bien sûr.

Il s'en voulait d'abuser de la confiance qu'il inspirait, mais à la guerre comme à la guerre. Et dans la catégorie des choses qu'il ne fallait pas faire, Stan avait déjà franchi des caps qu'il pensait ne jamais franchir.

L'assistante sortit un trousseau de clés de son sac et ouvrit un tiroir de son bureau. À l'intérieur, des tampons. Elle en sortit un et l'apposa en haut du bordereau et en haut de la première page de la note.

— Je dois faire une copie pour le BPS, c'est la procédure.

— Je l'ai déjà faite, mentit Stan.

La secrétaire regarda Stan, mais ne dit rien. Peut-être s'étonna-t-elle de cette procédure inhabituelle, mais Stan avait détourné son attention en paraissant si pressé. Il était déjà reparti d'un pas rapide avant qu'elle n'ait eu le temps de réagir.

De retour dans son bureau, Stan regarda un instant le produit de son subterfuge. Au moment de passer à l'acte, il fut saisi d'une ultime hésitation. Puis il se glissa dans le bureau d'Hugo, et introduisit son parapheur ni trop haut, ni trop bas dans la pile des parapheurs urgents.

Il lui restait à accomplir la partie la plus délicate : récupérer le parapheur une fois visé par Hugo avant qu'il ne reparte vers son expéditeur imaginaire. Mais même si le faux parapheur était découvert, personne ne pourrait, en principe, remonter jusqu'à lui.

Aussi traîna-t-il plus souvent qu'à l'accoutumée dans le bureau d'Hugo. Par chance, il surprit une conversation entre Hugo et Mathilde, le vendredi soir.

— Tu as plein de trucs en retard, constata la directrice de cabinet en regardant la pile de parapheurs. Tu veux que je fasse un tri ?

— Non, je viendrai faire tout ça demain matin, au calme.

Fort de cette information, Stan arriva à Matignon le lendemain matin, et tint compagnie à Hugo qui éclusait son retard en musique et en tenue de week-end.

Tandis qu'ils parlaient de tout et de rien, Stan vit Hugo s'attaquer à la pile dans laquelle il avait placé son leurre. En lisant la note que Stan avait forgée, Hugo tiqua. Intrigué, il regarda le bordereau sur le devant du parapheur, puis relut la note.

— Tu as vu ce parapheur ?

— C'est quoi ?

— Regarde.

— Je ne suis pas dans le circuit des signatures.

— Je sais, mais regarde.

Stan feignit de découvrir la note.

— Ça alors ! On parle bien de…
— On dirait.

Stan haussa les épaules. L'espace d'une seconde, il frémit à l'idée qu'Hugo demande des explications à Mathilde, qui était censée avoir validé la note, mais il se contenta de la viser, puis il passa à la suivante.

Une fois sa tâche achevée, Hugo appela l'appariteur pour qu'il vienne récupérer les parapheurs signés. Stan ne quittait pas le sien des yeux.
— Je file, je vais déjeuner avec Emma et Pauline. Tu veux venir ?
Stan, surpris, fit non de la tête. Depuis son retour, c'était la première fois qu'Hugo proposait un moment personnel et familial, et ce au moment précis où Stan, à nouveau, lui cachait quelque chose. Sans doute pour évoquer son éventuelle candidature et les conséquences pour tout le monde.

Hugo sortit du bureau au moment où l'appariteur y entrait. Profitant du moment où Hugo ne regardait plus, et où l'appariteur ne regardait pas encore, Stan récupéra son parapheur et regagna son petit meublé.

Il n'avait plus qu'à attendre, sans savoir s'il souhaitait que son stratagème échoue ou qu'il réussisse.

Le mardi suivant fut sans doute une des journées les plus bouleversantes dans la vie de Stan, submergé par un flot d'informations et de rebondissements et par la confusion des sentiments qui en découlait, en l'espace d'une douzaine d'heures.

Au petit matin, il avait fait une rencontre, une rencontre qui semblait tout changer, non pas tellement du fait de la personne qu'il avait vue, mais du fait de la personne qu'il n'avait pas vue.

À ce moment-là, il avait toutes les raisons de croire que son stratagème avait réussi au-delà de toute espérance. Pendant une seconde, il en avait éprouvé une vaine satisfaction : finalement, il était capable de monter des coups, lui aussi, pas seulement de les subir. Puis vinrent les conséquences, vertigineuses, révolutionnaires. Au départ, il voulait simplement s'ôter le poison du doute.

Comme un zombie, il avait rejoint Matignon en tentant de prendre la mesure des événements.

À son arrivée au bureau, Stan parvint à donner le change. Il avait besoin de réfléchir avant de pouvoir tirer toutes les conséquences, et comme il se connaissait bien, il savait qu'il ne devait pas se précipiter. Dans cette attente, il devait agir comme d'habitude.

À son agenda ce matin-là, une réunion de cabinet autour d'Hugo. Dans la grande salle du Conseil, plus de cinquante conseillers venus écouter la bonne parole. Tandis que tous partageaient un café en attendant le début de la réunion, Stan s'était assis à sa place et faisait semblant d'écrire quelque chose. À l'arrivée d'Hugo, accompagné de Mathilde, le silence se fit dans l'instant et tous les conseillers prirent leur place dans un joli ballet synchronisé. Le protocole avait placé Stan en face d'Hugo, qui ouvrit aussitôt la séance.

Indifférent à ce qui se disait, Stan ne quittait pas Hugo du regard. Hugo parlait, mais pour les oreilles de Stan, sa voix était déformée, comme voilée.

— J'ai souhaité vous réunir avant d'aborder notre dernière année ici, une année où l'exercice du Gouvernement sera, inévitablement, perturbé par la préparation de la campagne présidentielle.

Pour être certain de ne pas avoir commis d'erreur, Stan se repassa, en détail, le film des événements.

La note qu'il avait rédigée et mise à la lecture d'Hugo faisait état de solides soupçons d'espionnage à l'encontre d'Anatoli Belov, conseiller à l'ambassade de Russie à Paris. Hugo l'avait lue, en sa présence, le samedi matin.

Puis Stan avait attendu.

— Le calendrier électoral ne doit pas nous empêcher d'agir. Le président ne cesse de me le dire, et de le dire aux Français. Je sais que vous avez déjà beaucoup donné, et que la fatigue commence à se faire sentir. Bientôt, si ce n'est pas déjà le cas, vous commencerez aussi à vous poser des questions sur votre propre avenir, ce qui est parfaitement naturel.

Il n'avait pas eu longtemps à attendre. Ce matin-là, un inconnu l'avait interpellé dans une rue déserte. Avec un léger accent russe, il avait donné son nom, que Stan avait jugé inutile de retenir.

— Mon collègue Belov est indisponible, dit l'homme.

Stan avait conservé son impassibilité alors que le sol se dérobait sous ses pieds.

— Indisponible ? Qu'est-ce que ça signifie ?

— Qu'est-ce que vous ne comprenez pas ? Ça signifie que je le remplace le temps de son indisponibilité. Il est désolé de ne pas avoir pu faire les présentations lui-même. Je souhaitais simplement y remédier ce matin.

— Mais quand reviendra-t-il ?

— Je ne dispose pas de cette information. Bonne journée, monsieur Perret, je ne manquerai pas de reprendre contact avec vous.

Stan avait regardé le Russe s'éloigner, et avec lui les rares illusions qu'il conservait encore sur l'âme humaine. Il n'y avait qu'une seule conclusion à tirer de cette conversation.

— J'ai demandé à Mathilde de préparer un document qui résume nos priorités pour l'année à venir, et je vais la laisser vous l'exposer, après quoi nous échangerons sur cette base. Évidemment, nous parlons d'un monde idéal, un monde où aucun événement ne viendrait perturber l'ordre de ces priorités, un monde où la campagne présidentielle ne différerait pas des actions urgentes et importantes. Autant dire que notre plan ne se réalisera probablement pas tel quel, ce qui ne doit pas nous empêcher d'en avoir un.

Les Russes avaient eu connaissance du contenu du parapheur, Belov avait été averti, et il avait quitté la France avant d'être expulsé.

Stan avait besoin d'être seul pour réfléchir calmement, mais autour de lui, la réunion de cabinet suivait son cours, à grand renfort de PowerPoint. Pour le commenter, la voix de Mathilde, tout aussi voilée pour les oreilles de Stan, avait momentanément remplacé celle d'Hugo.

— Le président nous a demandé de lancer, voire de mener à bien si possible, trois réformes lourdes dans cette dernière année du quinquennat. La première, dans l'ordre de priorité, parce que c'est un engagement du président, c'est la réforme de…

Stan était parti bien loin.

Il était reparti au collège Debussy, dans le 15e, au premier jour de la classe de sixième. En vacances à Saint-Geours, sans Claire d'abord, avec Claire ensuite, leurs mariages, le voyage en Russie, Pauline, les ministères. Belov, la vidéo, la CIEEMG, Lavenue, Günter Guillaume, le départ.

— Stan ?

Il revivait, aussi, des événements en apparence plus anodins, sans savoir ce qui relevait du hasard ou du calcul, la rencontre avec Claire, Hugo qui le fait ajouter au voyage en Russie, qui le convainc d'aller boire des verres avec eux. Ce qu'Hugo lui avait avoué, sur le banc au bord du terrain de pétanque, à Saint-Geours, et qu'il n'avait jamais répété à personne. Hugo qui lui demande d'être le parrain de Pauline, qui le persuade de venir bosser avec lui, Hugo qui l'invite au rendez-vous avec l'ambassadeur, qui le charge de l'enquête sur la fuite de la CIEEMG, qui lui fait découvrir l'affaire Günter Guillaume, qui le laisse partir à Saint-Geours sans vraiment le retenir, puis qui lui demande de revenir.

— Stan, tu es avec nous ?

Stan réalisa que tous les regards étaient tournés vers lui, et qu'Hugo venait de lui passer la parole.

— Stan, je t'ai demandé si tu pouvais nous faire un point sur la situation politique ?

— Oui, pardon.

Tant bien que mal, Stan fit son petit laïus, qui donna lieu à quelques remarques et questions. L'éléphant dans la pièce, à savoir l'éventuelle candidature d'Hugo, fut soigneusement contourné, aussi bien par Stan dans son exposé que dans les questions des autres. Tout le monde y pensait, personne n'en parlait. Ce n'était évidemment ni le moment, ni l'endroit.

Le séminaire de cabinet prit fin avec un joyeux buffet campagnard dont Stan s'éclipsa discrètement. Il éteignit son téléphone et sortit marcher dans Paris, les écouteurs sur les oreilles.

Le mois de mars s'achevait, la belle saison arrivait. À Saint-Geours, c'était sa saison préférée, celle de l'arrivée des beaux jours. L'heure d'été.

Stan hocha la tête en repensant à ce changement d'heure, ce maudit changement d'heure.

Est-il fatal que le poison du doute s'insinue partout, dans toutes les relations humaines, aussi confiantes soient-elles ?

Enfin seul, dans les rues de Paris, Stan était partagé entre la satisfaction d'avoir, fût-ce temporairement, repris le contrôle des événements, et le séisme que sa découverte impliquait.

Il s'était isolé pour comprendre, ou tenter de comprendre, et réfléchir à la prochaine étape. Tenter de rester rationnel, dans un univers qui ne l'était plus. Dépassionner ce qui pouvait l'être. Remettre un peu d'ordre. Ne pas commettre d'erreur, pas d'autre erreur.

Hugo croit Belov compromis, et deux jours après, Belov s'évanouit dans la nature ?

Secrètement, Stan s'attendait à revoir Belov ce matin-là, comme d'habitude, ce qui était toujours une mauvaise nouvelle pour lui, mais ce qui aurait été une excellente nouvelle pour Hugo. Il s'y attendait, il l'espérait, aussi. Il avait voulu lever le doute, se débarrasser de cette pensée honteuse, honteuse et révolutionnaire, qui remettait tout en question, depuis tant de décennies et sur tant de plans. Toutes les certitudes s'écroulaient, tous les ressentis étaient faussés, l'avenir s'assombrissait.

Était-il possible qu'après avoir cru aussi longtemps avoir trahi Hugo, Stan se retrouve au contraire dans la peau de celui qu'Hugo avait trahi pour préserver la sienne ?

Si tel était le cas, le séisme serait personnel, amical, affectif, avant d'être politique et professionnel, et les secousses dureraient aussi longtemps que dureraient leurs vies.

Il fallait transcender, et vite, les premiers ressentis, se tourner vers l'avenir, tenter de savoir quoi faire de tout ça, de mesurer les conséquences s'il faisait quelque chose, et les conséquences s'il ne faisait rien.

Le premier réflexe, qui n'était pas toujours le bon, commandait à Stan de se confronter à Hugo. Très vite, il s'en sentit parfaitement incapable. Depuis son retour à Matignon, s'il était, pour une fois, lucide, Hugo était son patron. Il en était un proche collaborateur, très proche certes, dans le tout premier cercle, et avec, dans ce premier cercle déjà restreint, une place encore plus à part, mais la dimension personnelle de leur relation s'étiolait chaque jour, et jusqu'alors, Stan pensait que c'était par sa faute.

Pouvait-il aujourd'hui reprocher à Hugo d'avoir violé leur pacte, et avec préméditation, alors que lui-même s'était tu au moment où sa principale clause devait trouver application ? Jamais il n'avait parlé à Hugo de l'épisode de la CIEEMG, épisode qui avait bouleversé sa vie mais qui semblait aujourd'hui si dérisoire. Il s'était tu, en se retranchant derrière le fameux article 40, l'article du Code de procédure pénale qui aurait contraint Hugo, aussitôt informé d'une infraction pénale, fût-elle commise par son meilleur ami, ou *a fortiori* parce que commise par son meilleur ami, à saisir la justice.

Au fond, plus il doutait d'Hugo, plus il comprenait pourquoi Hugo, à l'époque, avait douté de lui. Il revoyait Hugo, et sa colère froide, le jour où il avait reçu la vidéo. Cette colère était-elle aussi feinte que le reste, une colère sans doute teintée de terreur, la terreur qu'il lui arrive un jour la même chose, la terreur de constater que les Russes n'hésiteraient pas à mettre leur menace à exécution ?

Hugo était-il, lui aussi, à la solde des Russes, et si oui depuis quand, et était-ce par choix ou par contrainte ? Au cours de sa promenade, Stan revisita tous les événements à la lumière de cette théorie.

Dans tout ce qui s'était passé entre eux, depuis plus de trente ans, Stan ne savait plus ce qui relevait de l'amitié sincère – car, il en était sûr, elle existait ou avait existé –, du calcul machiavélique, ou tout simplement de l'attitude désespérée de quelqu'un à qui les événements échappent, comme Stan l'avait lui-même vécu. Stan aurait bien aimé pouvoir faire le tri dans tout ça, mais il pressentait que c'était peine perdue.

Il en était réduit à des conjectures.

Il s'imaginait Hugo objet d'un chantage dans lequel il s'enferre, comme dans des sables mouvants, dans lesquels on a toujours le choix entre une mort rapide si on s'agite et une mort lente si on ne s'agite pas, se contraignant à une surenchère du mensonge, jusqu'à compromettre ses plus proches pour se préserver lui-même, espérant toujours s'en sortir, parfois seul, parfois avec l'aide de protecteurs bienveillants. Hugo tentant de préserver son ambition dévorante malgré ce poids et parfois grâce à lui, comme si c'était à la fois son principal handicap et son principal atout. Puis constatant chaque jour qu'il était trop tard pour réparer les choses, aggravant son cas en relevant avec brio son dernier défi : que personne, absolument personne, ne le découvre.

Il s'imaginait Hugo interagissant avec lui durant toutes ces années, dans tous les cercles possibles, amical, familial, personnel, professionnel, politique, sans jamais tout lui dire mais avec tout de même une place à part, la place de celui à qui, dans un jour de faiblesse ou un élan de sincérité, il avait avoué l'inavouable. Peut-être tenté, en permanence, de tout dire, se demandant, comme Stan autrefois, comme Stan aujourd'hui, ce qui se passerait s'il disait tout, mais aussi ce qui se passerait s'il ne disait rien.

Il s'imaginait Hugo devant gérer la fuite précoce sur la CIEEMG, feignant une colère noire, brouillant les pistes, contraint de mêler Stan à tout ça en le chargeant de l'enquête sur la fuite, le laissant signer la demande d'accès aux documents classés *Très secret*, et organisant ou accompagnant la disgrâce de Lavenue.

Il s'imaginait Hugo qui, un beau jour, n'y tenant plus, lui offrait un livre, non pas pour le mettre mal à l'aise mais au contraire pour le mettre sur la voie, pour l'inviter, presque, à lui poser des questions, à lui redemander, comme quinze ans auparavant, s'il devait savoir quelque chose, en espérant que, comme d'habitude, Stan comprendrait sans que les choses soient dites. Mais Stan, tout entier tourné vers sa propre turpitude, n'avait rien vu, rien compris, et la question n'était jamais venue. Peut-être aurait-il répondu, peut-être Stan lui aurait-il dit que ce n'était pas grave, qu'on allait trouver une solution ensemble, qu'il ne s'inquiète pas. Peut-être. Assurément.

Il s'imaginait Hugo conscient que Stan était lui aussi compromis, sacrifié pour le protéger lui, mais sans savoir si ce jour-là il en avait pleuré de rage, ou pas.

Il s'imaginait Hugo, nommé à Matignon, pris de vertige ou de culpabilité, revenant à Saint-Geours pour retrouver le point d'appui qui lui manquait tant, ou pour retrouver un fusible en cas de problème, ou pour garder près de lui le seul qui pouvait deviner la vérité, ou pour tout cela à la fois.

Et il s'imaginait Hugo se demandant sans cesse s'il pouvait, dans sa situation, tenter d'accéder à l'Élysée, ou si ses bienfaiteurs accepteraient qu'il y renonce.

Mais tout cela n'était que le produit de son imagination.

Machinalement, il ralluma son téléphone. Il avait reçu de nombreux messages, mais un seul retint son attention.

« T'es où ? »

Stan ne répondit pas.

Il balaya les alertes qu'il avait reçues. Comme chaque mardi, sur le coup de 15 heures, *Le Canard enchaîné* annonçait sur les réseaux sociaux les principaux titres de son édition du lendemain, dans une rare concession à la modernité. Là encore, seul l'un d'entre eux l'intrigua, parce qu'il semblait venir nourrir son raisonnement au moment précis où il le raffinait :

DEMAIN DANS LE CANARD *:*

Les petites affaires de François Garraud au Luxembourg

Stan ignorait encore le contenu de l'article, mais il comprit aussitôt que le grand favori de la présidentielle se retrouverait vite empêtré dans une affaire qui abîmerait, voire compromettrait, sa candidature.

« Tous les candidats ont leurs points faibles et M. Garraud n'est pas différent des autres. »

La phrase de Belov résonnait en lui. Stan se remémora les circonstances dans lesquelles Hugo était devenu ministre de la Défense, alors que Lambert était quasiment nommé avant de renoncer pour de mystérieuses raisons, puis Premier ministre, alors que le président avait affirmé avec force vouloir nommer une femme.

À présent, le candidat favori des sondages était compromis dans une sombre affaire, terrible parce que touchant à l'argent, terrible parce que si facile à comprendre ou à caricaturer.

Stan imagina les articles du lendemain ou de la semaine suivante : *Lamorlaye, le recours ?*

La bonne étoile d'Hugo ? Cette étoile-là virait furieusement au rouge.

Stan s'assit sur un banc dans le jardin des Tuileries, où le printemps reprenait ses droits. Les enfants, surveillés d'un œil distrait par les nounous qui parlaient entre elles, jouaient dans le bac à sable. Un joggeur au rythme saccadé passa et repassa devant lui, comme s'il préférait faire une multitude de tours minuscules plutôt qu'un grand. Un couple s'embrassait, et Stan repensa aux bancs publics de Brassens, « *ils se voient déjà doucement, elle cousant, lui fumant, dans un bien-être sûr* ».

Au fil de sa pensée, il se remémora *Les Copains d'abord* : « *C'était pas des anges non plus.* » En effet.

Faute de pouvoir décider quelle serait la prochaine étape, Stan devait agir comme si de rien n'était : il décida de repasser par Matignon et tenta, tant bien que mal, de vaquer à ses occupations habituelles.

En fin d'après-midi, Hugo entra dans son bureau et referma la porte derrière lui. Il s'assit en face de Stan, qui tentait de maîtriser un tremblement irrépressible, et le regarda droit dans les yeux.

— Où tu étais passé ? On te cherche partout.

— J'étais sorti marcher.

— T'en penses quoi ?

— Hein ?

— Oui, ce qui arrive à Garraud, t'en penses quoi ?

— Attendons de voir comment il va se défendre.

Hugo acquiesça. Il semblait attendre que Stan élabore sa réponse, lui reparle des conséquences pour lui-même.

— Je suis terrorisé par les procès médiatiques, les personnes condamnées avant d'avoir pu ouvrir la bouche pour se défendre. Même quand ça touche un adversaire. Ça pourrait t'arriver demain matin, et aux yeux de tous, tu serais déjà coupable.

Hugo approuva à nouveau, sans ciller.

— Ton rôle de Premier ministre, conclut Stan, c'est de ne faire aucun commentaire et de t'en remettre à la justice. Tu peux rajouter un message d'amitié pour lui, au nom de votre lien ancien.

— Mais si Garraud est hors course…

— Si Garraud est hors course, tu vas te retrouver en pole position, ce qui est à la fois enviable et dangereux.

— Hmm.

— Je suis en train de finir la note que tu m'as demandée. Sur la préparation des élections.

— Ok. On garde bien ça entre nous deux, hein ?

— Évidemment, comme toujours.

Stan hésita une fraction de seconde.

— Tu te souviens du pacte ? demanda-t-il.

— Le pacte ?

— À Saint-Geours, sur le terrain de pétanque.

— Ah oui.

— Je ne l'ai pas respecté.

— C'est de l'histoire ancienne, tout ça, balaya Hugo, impassible.

— Non, mais récemment, je veux dire. Il y a quelque chose que je ne t'ai pas dit.

Hugo, sans poser de questions, laissa Stan poursuivre.

— Ce n'est pas moi sur la vidéo.

— Quoi ?

— Sur la vidéo, à Moscou.

— Oui j'ai compris, mais…

— C'est une manip. Une manip qui a bien produit son effet, d'ailleurs. C'est un autre homme.

— Mais ça veut dire…

— Ça veut dire que personne ne m'a cru, mais comme tu dis, c'est de l'histoire ancienne.

— Claire le sait ?

— Non.

Hugo acquiesça silencieusement.

— Je…

Stan l'arrêta d'un signe de la main.

— Il n'y a rien à dire. C'est comme ça.

Stan vit Hugo qui réfléchissait intensément.

— Et moi, ajouta Stan sur sa lancée, est-ce qu'il y a quelque chose que je dois savoir avant qu'on se lance dans cette aventure ?

Hugo le fixa droit dans les yeux, mais ne répondit pas immédiatement.

— Tu sais tout ce qu'il y a à savoir.

Stan n'insista pas.

Que signifiait cette réponse ? Stan avait posé une question à double sens, il avait récolté une réponse à double sens, il ne pouvait s'en prendre qu'à lui-même. Les yeux dans les yeux, Hugo n'avait pas cillé. Parce qu'il était un menteur hors pair ? Parce qu'il savait que Stan l'avait démasqué ? Ou tout simplement parce que…

L'appariteur frappa à la porte pour indiquer à Hugo que son dîner de travail allait commencer. Hugo se leva pour rejoindre son bureau. Dans l'embrasure de la porte, il se retourna vers Stan.

— Heureusement que tu es là pour me remettre les idées en place.

Stan ne savait plus s'il était triste ou en colère. Il était, tout simplement, perdu. Les sentiments, puissants, contradictoires, qui l'animaient, les souvenirs de toutes ces années se mélangeaient dans sa tête, la confusion permanente entre l'ami, le beau-frère, le parrain, le collaborateur. La journée avait été éprouvante, et il voulait laisser passer la nuit avant de tirer les conséquences des événements du jour. *Spat' na etom.*

En bas de son immeuble, comme tous les soirs, Stan prit son courrier et monta les quatre étages à pied. Arrivé, le souffle un peu court, sur le palier, il sursauta.

— Monsieur Perret, je vous attendais.

Belov, plus affable que jamais, un livre à la main pour occuper son attente, avait accueilli Stan sur son propre palier. Stan se dit qu'il n'avait jamais été aussi heureux de le voir : Belov, après avoir été le visage de la culpabilité de Stan, le visage de tous ses dilemmes et de tous ses tourments, était ce soir-là le visage de l'innocence d'Hugo.

— Je vous croyais parti.

— Parti ? Et pourquoi partirais-je ? Paris est si beau…

— Mais votre collègue…

— Lui ? Ne l'écoutez pas trop, il adore faire des mystères. Si vous saviez, tous ces gens qui jouent aux espions, c'est un fléau. J'ai simplement dû m'absenter quelques jours. Je vais vous dire, je suis d'autant plus heureux de retrouver cette belle ville. C'est seulement lorsqu'on est privé de quelque chose qu'on en mesure la valeur, vous ne trouvez pas ?

— Vous ne croyez pas si bien dire.

Belov ne l'interrogea pas sur le sens de sa réponse. Stan regardait Belov comme s'il voyait à travers lui, comme si tout à coup, tout s'éclairait.

— Vous ne m'invitez pas à boire un verre ? demanda Belov en montrant la porte de l'appartement de Stan.

— Je suppose que vous avez la clé ? grinça Stan.

— Oh non, c'est inutile, je sais tout ce que je dois savoir. Si vous aviez le choix, monsieur Perret, vous préféreriez qu'on cambriole votre appartement ou qu'on fouille votre portable ?

— Mon appartement, je crois.

— Vous voyez bien que je n'ai pas besoin de clé.

— Je n'invite personne chez moi. Allons marcher.

Ils descendirent les quatre étages à pied.

— J'ai besoin d'une information importante, dit Belov dès qu'ils eurent rejoint les rues anonymes. On me dit que la France s'oppose fortement au nouveau projet de gazoduc Gasway. C'est un vrai problème pour nous.

— En effet, la France s'y oppose. Et ce n'est pas un secret.

— Cette position pourrait évoluer, non ? Je ne vous demande pas que la France saute de joie à l'idée du projet, elle pourrait simplement conserver une neutralité bienveillante, et laisser les choses se faire.

— Ce serait contraire à ses intérêts.

— Oh, qui peut le dire ?

— Moi, je peux.

— Vous êtes de mauvaise humeur, monsieur Perret ?

Stan sourit.

— Au contraire. L'arrivée du printemps me remplit de joie.

Belov l'interrogea du regard.

— Laissez-moi vous raconter une histoire, reprit Stan. Au sortir de la guerre froide, qui était à bien des égards son fonds de commerce, à la fois la plus grande menace et la plus belle justification de son existence, la Russie, la grande Russie, doit se réinventer. Parmi les outils, l'influence, le *soft power*. Tous les grands pays font ça. Alors, régulièrement, vous invitez des jeunes talents pour un voyage d'études, destiné à mieux connaître la réalité du pays, en tout cas ce que vous voulez bien en montrer. Certains en reviennent gentiment sympathiques, racontant à tout le monde que la Russie vaut mieux que sa réputation, etc. D'autres, et j'ai mis du temps à le comprendre, en reviennent compromis, comme des bombes à retardement, comme des agents dormants qui s'ignorent et qui seront réveillés s'ils parviennent un jour à des fonctions importantes dans leur pays. Pour mon malheur, c'est arrivé. Vous identifiez Hugo comme un talent de la vie politique française, et vous voyez à quel point je suis proche de lui, je suis à la fois son ami d'enfance, son conseiller le plus influent et son beau-frère. Donc vous vous dites qu'avoir un levier sur moi, ça ne coûte pas cher, et ça peut rapporter gros.

— Je…

D'un geste ferme, Stan intima à Belov de se taire.

— Je ne sais pas exactement comment vous avez fait, je ne sais pas ce qui relève du hasard ou de la préméditation et, d'une certaine manière, je m'en fiche : la soirée dans un bar, la bagarre, la blessure, les quelques heures en prison. Puis, pour une raison que j'ignore, la soirée ne se passe pas comme prévu, et votre stratagème échoue. Peut-être que vous m'assommez, peut-être que vous me droguez, que je suis incapable de faire quoi que ce soit avec qui que ce soit, franchement j'aurais dû vous prévenir, ce sont des choses qui m'arrivent. Bref, vous êtes obligé de revoir vos plans, vous organisez une vidéo pourrie avec un type qui me ressemble, le malheureux qui a quand même eu droit, visiblement, à un bout de nuit inoubliable. Mais l'histoire du pansement vous déconcerte, et, dans la hâte, vous vous trompez de côté. En réalisant cette erreur, vous m'envoyez la vidéo à l'envers. Je m'y laisse prendre, avec les conséquences que vous connaissez. Il m'a fallu quatre ans pour comprendre ça, vous voyez que je suis long à la détente et que vous avez eu bien tort de m'identifier comme un jeune Français prometteur, à l'époque. Donc le fait générateur de nos conversations, de vos demandes, n'existe pas. Il se trouve que cela m'a fait commettre bien d'autres erreurs ensuite.

— C'est…

— Laissez-moi terminer. Vient ensuite l'histoire de la CIEEMG, les armes pour l'Ukraine. J'ai longtemps cru vous avoir confié un secret d'État, ou plus exactement une information couverte par le secret. Mais en fait, j'ai découvert, là aussi trop tard, que vous disposiez de l'information avant que je ne vous la donne. Le matin de la réunion décisive, je vous ai envoyé le SMS à 8 h 20 précises, je m'en souviens très bien, et vous savez comment je m'en souviens ? Ce jour-là, Hugo était sur France Inter pour la grande interview du matin. À 8 h 20 précises. La CIEEMG a commencé à 8 h 30, et la décision sur l'Ukraine était le premier point à l'ordre du jour. Selon le compte rendu, la décision a été prise sans débat, tout s'est joué avant, comme toujours. Et la dépêche de l'agence Tass, dans laquelle vous narguez la France, est horodatée. Mais l'hiver, le décalage horaire entre Paris et Moscou est de deux heures et non pas une. Autrement dit, à 8 h 20 heure de Paris, la dépêche est déjà sortie, donc vous aviez déjà l'information. Là encore, je pourrais me taper la tête contre les murs de ne pas l'avoir découvert avant.

— Vous oubliez…

— L'enregistrement ? Non, je n'oublie pas l'enregistrement. Comment pourrais-je l'oublier ? Je m'en souviens même par cœur. C'est soi-disant la preuve que je vous ai moi-même fournie ! Je me rappelle chaque mot : *vous auriez préféré qu'on compromette le coupable, monsieur Perret ? Et puis innocent, innocent, qui est vraiment innocent ? Nous faisons comme* Le Canard enchaîné, *nous protégeons nos informateurs, monsieur Perret, ils sont précieux.*

— Vous avez une excellente mémoire, monsieur Perret.

— Depuis quelques heures, je me demande ce que penserait quelqu'un qui écouterait ces mots pour la première fois, quelqu'un à qui vous décideriez d'envoyer cet enregistrement, un agent des services français, un journaliste…

— Et ?

— Certes, il penserait que je croyais Lavenue innocent, et que je connaissais le coupable, ce qui me placerait dans une situation embarrassante. Mais à aucun moment je ne dis que le coupable, c'est moi. D'autant que le coupable, je sais désormais qui c'est. Je sais qui vous a informé. Vous m'avez fait croire que vous alliez compromettre un innocent, Lavenue, pour protéger un coupable, moi. Mais bien sûr, c'était l'inverse. Vous avez laissé tomber Lavenue, un sous-fifre, pour me garder sous votre coupe. Je devrais être flatté ! Vous m'avez fait croire à son innocence, pour mieux me persuader de ma propre culpabilité. Le coupable était là, sous mes yeux, et pas, comme je le pensais, dans le miroir de ma salle de bains.

— Vous lisez trop de romans d'espionnage.

— Je crois au contraire que je n'en lis pas assez.

— Je me permets de vous mettre en garde, monsieur Perret. Vous n'avez aucune preuve, et si tout ça est mis sur la place publique, vous n'en sortirez pas indemne.

— Merci pour votre sollicitude, mais ça fait longtemps que je ne suis plus indemne, comme vous dites. Dans cette histoire, j'ai laissé mon mariage, mon job, une partie de mon amitié. Expliquez-moi ce que je peux perdre de plus.

— Votre job à Matignon. Et le job suivant, celui dont vous rêvez.

Stan sourit ironiquement. Son seul rêve était de dormir la nuit.

— Vous savez, je vais suivre votre conseil.

— Mon conseil ?

— *Spat' na etom !*

Belov regarda Stan, et Stan eut l'impression que ce regard était différent, avec, à tout le moins, du respect, voire une certaine sympathie.

— Au fait, conclut Stan en s'éloignant, le projet Gasway, c'est vraiment une très mauvaise idée, directement contraire aux intérêts de la France. Et si le Premier ministre me demande mon avis, je le lui donnerai. Évidemment, comme toujours, ce ne sera qu'un avis, et il fera ce qu'il voudra.

Dans son petit meublé plongé dans le noir, Stan était allongé, les yeux grands ouverts. La nuit porte conseil, certes, mais à condition de dormir.

Il avait douté d'Hugo. Certes, seulement pendant quelques heures, et personne ne le saurait jamais. Mais, lui, pourrait-il se le pardonner ? Il avait, aussi, blanchi puis aidé Lavenue. Pourrait-il se le pardonner ? La compromission du diplomate n'était pas, au fond, ce qui le perturbait le plus : il voyait bien dans quel dilemme Lavenue avait pu être plongé, et pour cause. Non, ce qui le perturbait, c'était d'avoir été aussi crédule, face à la tromperie de Belov, et face à la gueule enfarinée du diplomate qui lui mentait en face.

Stan, mortifié d'avoir cédé, à présent mortifié d'avoir douté, mortifié d'avoir fait un faux, mortifié de ne pas avoir pu, ou su, parler à Hugo : s'ils ne pouvaient plus se parler, à quoi bon ? Après en avoir voulu à Hugo d'avoir douté de lui, il s'en voulait à lui d'avoir douté d'Hugo : comment rebâtir quoi que ce soit de solide sur ces bases ?

Trop d'erreurs, trop de mauvaises décisions, les unes provoquées par les autres, comme autant de suraccidents qu'il était pourtant outillé pour éviter.

Dans le petit monde politique, savoir à qui accorder sa confiance, le bien le plus précieux, est une condition de survie. Savoir qui ment, et pourquoi, qui dit la vérité, et pourquoi. Savoir quoi dire à qui et quand, savoir quand il faut se taire : une condition nécessaire, sinon suffisante, pour une carrière politique réussie. Si Stan avait perdu ses repères, au point de douter de lui-même, puis au point de douter de son ami de toujours, au point de croire sur parole un collègue aux mains sales, qu'avait-il encore à y faire ?

S'il n'y avait eu entre eux que la politique, tout cela aurait été moins grave. Le doute fait partie du job, et le jour où il n'en fait plus partie, on est en danger, et puis voilà. Mais il y avait aussi la relation amicale, familiale, professionnelle, et chacune d'entre elles, exactement comme quatre ans auparavant, appelait des réponses différentes.

Depuis quelques jours, il avait compris beaucoup de choses, mais il fallait aller au bout.

Il se leva. Les Celtics ne jouaient pas cette nuit-là.

Assis à son bureau, il entreprit de coucher toute l'histoire sur le papier. D'abord pour lui, avant même de se demander qu'en faire. Il écrivit à flot continu, et lorsqu'il eut terminé, le jour se levait, une journée délicieuse du début du printemps. Stan pensa à Saint-Geours qui s'éveillait au même moment, et sourit.

L'heure du retour approchait. Il se doucha, enfila une chemise et un costume et retourna à Matignon comme si de rien n'était, en sachant que c'était la dernière fois.

À son arrivée, il croisa Pauline qui partait au collège.

— J'ai eu 18 en français hier.

— Top ! C'était sur quoi ?

— On devait résumer un livre. J'ai choisi *Le Comte de Monte-Cristo*. Tu avais raison, j'ai adoré.

— Ah, ça me fait plaisir.

— Se venger comme ça, c'est top mais c'est pas très…

— Pas très quoi ?

— Pas très… moral ?

— C'est une bonne question.

— On n'est pas censé se faire justice soi-même, mais bon, on a quand même envie qu'il le fasse.

Stan regarda sa filleule, qui grandissait à vue d'œil.

— C’est bien résumé. Mais il l’a fait parce que personne d’autre ne pouvait, ou ne voulait le faire. S’il avait prévenu la police, ou la justice, tu penses qu’il y aurait eu des suites ?

Stan vit Pauline réfléchir.

— Je ne sais pas.

Comme souvent, sans le savoir, elle lui faisait voir les choses différemment, ce jour-là plus encore. Déjà, elle s’éloignait, mais Stan la retint une minute.

— Ma puce, je vais retourner à Saint-Geours. La maison me manque. Tu viendras cet été ?

— Tu t’es refâché avec Papa ?

— Nous n’avons jamais été vraiment fâchés, tu sais. Je suis fatigué. J’ai besoin de me reposer.

— Tu travailles plus là-bas qu’ici !

Stan sourit.

— Mon corps, oui, peut-être, mais là-bas mon cerveau se repose, et c’est ça dont j’ai besoin.

— Tu pars quand ?

— Demain matin.

— Déjà ?

— Il faut bien que je prépare ta chambre !

Pauline l’étreignit et sortit.

Se venger. De quoi ? De qui ? Seul dans son bureau, Stan relut les pages qu’il avait écrites la nuit précédente. Se venger de Belov, de Lavenue, de tout ce qui s’était passé ? Rien ne lui rendrait ce qu’il avait perdu. Lavenue ne méritait pas une minute de l'énergie de Stan ; il était déjà puni, d'une certaine manière : dans le corps diplomatique, aucune humiliation n'égale l'opprobre silencieux.

C'était sa dernière journée. Il voulait attendre le silence du soir pour préparer son départ, prendre ce qu'il devait prendre, laisser ce qu'il devait laisser. Il effectua une recherche sur Internet, sélectionna un texte qu'il imprima sur une feuille vierge, avant de la plier en quatre dans la poche de sa veste.

Une dernière journée dans l'antichambre du pouvoir. Stan profita une dernière fois du parc, magnifique au printemps comme en toute saison. Il repensa à tout ce qu'il avait fait, réussi, raté, les bons conseils qu'il avait donnés aux autres, les mauvais choix qu'il avait faits dès lors qu'il s'agissait des siens.

Peut-être, au fond, n'était-il pas vraiment fait pour ça : il était un peu tard pour s'en rendre compte, mais bien assez tôt pour en tirer les conséquences.

Il remonta au premier étage et entra dans le bureau d'Hugo, qui terminait un point agenda.

— Tu as vu la semaine que j'ai ? Je n'ai pas une minute pour réfléchir !

Stan ne répondit pas.

— Ça va ? demanda Hugo en voyant la tête de Stan.

— Je vais partir, mais je ne peux pas te dire pourquoi. Tu l'apprendras bientôt.

— Mais…

— Crois-moi, l'interrompit Stan en lui tendant la feuille qu'il gardait dans sa poche :

Toute autorité constituée, tout officier public ou fonctionnaire qui, dans l'exercice de ses fonctions, acquiert la connaissance d'un crime ou d'un délit est tenu d'en donner avis sans délai au procureur de la République et de transmettre à ce magistrat tous les renseignements, procès-verbaux et actes qui y sont relatifs.

Hugo s'apprêtait à parler mais Stan l'arrêta d'un geste.

— Ne me pose pas de questions, c'est mieux. Pour toi.

Hugo obtempéra en l'interrogeant du regard. Stan se leva, rejoignit son bureau et demanda à son secrétariat de lui apporter un carton.

— Pour les archives ?

— Non, un carton de déménagement.

Puis il tria les papiers sur son bureau, et tomba sur la carte de visite de l'agente de la DGSI qui l'avait interrogé.

« Si quelque chose vous revient, même un détail, n'hésitez pas. »

Un détail. Ou deux, ou trois.

Il relut les feuilles qu'il avait noircies dans la nuit : devait-il en rédiger une version expurgée ?

Non. Justement pas. Il les glissa telles quelles dans une enveloppe sur laquelle il inscrivit le nom et l'adresse qui figuraient sur la carte de visite.

Tandis qu'il rangeait ses affaires personnelles, il entendit qu'on frappait à sa porte.

— Hugo m'a dit, commença Claire.

— Que je partais ?

— Aussi. Mais il m'a dit pour… la vidéo.

— Ah.

— Pourquoi… pourquoi tu ne me l'as pas dit ?

— Je… je ne savais pas comment faire, répondit Stan sans cesser de s'affairer sur son carton. Il s'est écoulé trop de temps, à la fois trop de choses ont été dites, et trop de choses ont été tues, c'est comme ça. Tu sais bien que je ne dis jamais ce qu'il faut quand il faut.

— C'est parce que je ne t'ai pas cru ?

Stan haussa les épaules.

— Aussi.

— Le… les images…

— … parlaient d'elles-mêmes, je sais. Même moi, je les ai crues, c'est pour dire. Je ne pouvais pas te demander d'y croire moins que moi ! Ni à personne d'autre, d'ailleurs.

— Je…

L'assistant de Stan entra avec des papiers à la main, et Claire se leva pour sortir.

— Pardon, je vous ai interrompus ? dit l'assistant.

— Non, répondirent-ils en même temps.

La nuit tomba sur Matignon, l'étage était désert, à l'exception du gendarme de garde. Stan écrivit quelques phrases sur une feuille vierge et la déposa sur le bureau d'Hugo, plongé dans le noir. Puis il prit son carton, dans une étrange répétition de sa dernière nuit au ministère de la Défense.

Mais cette fois, Stan était en paix.

Sans se retourner, et surtout sans regret, il franchit pour la dernière fois le seuil de Matignon et remonta la rue de Varenne pour disparaître dans la nuit.

« Monsieur le Premier ministre,

Pour faire suite à notre conversation, et pour les raisons que je vous ai exposées, j'ai l'honneur de vous présenter ma démission des fonctions de Conseiller, qui prend effet ce jour.

Je vous remercie de la confiance que vous m'avez accordée durant toutes ces années, et je vous prie de croire, Monsieur le Premier ministre, à l'assurance de mon profond respect.

Stanislas Perret »

Au *Journal officiel* du surlendemain :

Il est mis fin aux fonctions de M. Stanislas Perret, Conseiller auprès du Premier ministre.

À nouveau, le microcosme consacra beaucoup d'énergie à s'interroger, sans plus de succès que la fois précédente.

À leur décharge, Hugo lui-même n'avait pas tout compris.

Fichu robot.

Pour une raison mystérieuse, le robot qui, chaque nuit, nettoyait la piscine, parcourait certes toujours inlassablement le fond du bassin, mais il le laissait, après son passage, aussi sale qu'il l'avait trouvé.

Impensable à la veille d'accueillir les hôtes du long week-end de Pâques.

Stan sortit le robot de l'eau, le sécha sommairement, le retourna et entreprit de soulever le capot. Peut-être pourrait-il identifier seul la cause du problème.

Le balai-brosse. C'était le balai-brosse qui était abîmé. Il devait simplement aller à Dax pour le remplacer.

Dax. Il repensa au vieux prof de russe un peu crado qui, sans le savoir, l'avait mis sur le bon chemin, celui de la rédemption et de la paix intérieure retrouvée, un chemin qui était passé par la conjonction improbable d'un pansement, d'un décalage horaire et d'un livre sur Willy Brandt.

Tout ça pour ça.

En se repassant le film des événements, comme il le faisait encore trop souvent, Stan avait réalisé qu'il avait au fond trouvé les réponses dans son sommeil et dans les livres, au hasard de ses rêves et de ses lectures, en tout cas davantage grâce à son inconscient qu'à sa lucidité, ce qui était à la fois effrayant et réconfortant.

Stan alluma la radio et écouta le premier titre du journal de 8 heures.

La Russie soupçonnée d'ingérence à grande échelle à partir d'un programme d'identification et de compromission de jeunes talents occidentaux. Des dizaines de diplomates russes sous couverture dans l'Union européenne ont été expulsés.

Il entreprit de détacher le balai-brosse usé, pour l'emporter avec lui et être certain d'en acheter un identique.

La veille, il avait reçu une convocation à la DGSI. Il s'y attendait, à ça ou à autre chose. Il voulait solder toute cette histoire. Et puisqu'il n'avait plus rien à cacher, ni rien à perdre, il n'avait rien à craindre. Et c'était bien agréable.

Sa « carrière » politique était terminée, pour son compte ou au service d'un autre, mais il fut lui-même surpris de voir combien cela le touchait peu. Ce deuil-là, il l'avait fait depuis quatre ans, et il avait payé cher pour savoir à quel point d'autres choses étaient plus importantes : pouvoir se regarder dans la glace, regarder en face les gens qu'on aime, dormir la nuit.

Il espérait simplement éviter la prison, et il avait, paraît-il, de bonnes chances d'y arriver : il avait eu l'intention de compromettre une information couverte par le secret, et en matière pénale, l'intention suffisait. Mais en dénonçant le système, fût-ce tardivement, il espérait pouvoir exciper de sa bonne foi.

Au premier jour de son retour à Saint-Geours, Hugo lui avait envoyé un SMS :

« Ça n'empêche pas de parler d'autre chose ? »

« Non »

« Toujours aussi bavard ? »

« Oui »

« Je t'appelle ce soir. »

Et Hugo l'avait appelé le soir, pour parler d'autre chose, c'est-à-dire de l'essentiel, c'est-à-dire de ce dont il ne pouvait parler à personne d'autre, la perspective de l'élection présidentielle, comme pour dire à Stan que malgré tout ce qui s'était passé, il aurait toujours une place à part.

Stan, lui, se dit que derrière chaque mauvaise nouvelle s'en cachait souvent une bonne, *a blessing in disguise*, une bénédiction déguisée, comme disent les Anglais avec leur sens unique de la formule imagée : en l'occurrence, derrière sa disgrâce, l'éventualité de conserver le meilleur de la relation avec Hugo, expurgée d'un lien professionnel qui était devenu superflu, la relation de celui qui était là lorsqu'il n'y avait personne et qui serait toujours là par-delà les aléas de la vie politique.

Concentré sur le balai-brosse, qui était sa préoccupation du jour, une préoccupation si légère qu'elle en devenait presque agréable, il ne prêta pas particulièrement attention à la voiture qui parcourait le chemin vers la maison.

Assis en tailleur au bord de la piscine, il étudiait le mécanisme du robot nettoyeur. Il sentit une présence derrière lui, et une odeur citronnée, portée par la brise du matin, vint chatouiller ses narines.

— Tu bricoles, maintenant ?

Du même auteur :

Un monde pour Stella, JC Lattès, 2015.
Rase campagne, JC Lattès, 2017.
Le Maître d'hôtel de Matignon, JC Lattès, 2019.

Avec Édouard Philippe :

L'Heure de vérité, Flammarion, 2007, Archipoche, 2020.
Dans l'ombre, JC Lattès, 2011, Le Livre de Poche, 2012.
Impressions et lignes claires, JC Lattès, 2021, Le Livre de Poche, 2022.

PAPIER CERTIFIÉ

Le Livre de Poche s'engage pour l'environnement en réduisant l'empreinte carbone de ses livres. Celle de cet exemplaire est de :
300 g éq. CO_2
Rendez-vous sur
www.livredepoche-durable.fr

Composition réalisée par PCA

Achevé d'imprimer en avril 2023 en Espagne par
BLACKPRINT
Dépôt légal 1re publication : mai 2023
LIBRAIRIE GÉNÉRALE FRANÇAISE
21, rue du Montparnasse – 75298 Paris Cedex 06

74/1723/2